KB022175

진짜 이야기

세계시인선

55

진짜 이야기

마거릿 애트우드

허현숙 옮김

SELECTED POEMS

Margaret Atwood

SELECTED POEMS

by Margaret Atwood

차례

이게 내 사진이에요 This is a Photograph of Me 11
도시 계획가들 The City Planners 13
저 나라의 동물들 The Animals in that Country 15
집주인 여자 The Landlady 17
점점 더 More and More 19
보스턴의 관광안내소에서 At the Tourist Centre in Boston 21
배경이 카우보이를 알려 준다 Backdrop Addresses Cowboy 24
첫 이웃 First Neighbours 27
거울을 들여다보며 Looking in a Mirror 30
이민자들 The Immigrants 32
다른 아이들의 죽음 The Deaths of the Other Children 35
소녀와 말 Girl and Horse 37
키클롭스 Cyclops 39
스케이트 타는 여자 Woman Skating 41
너는 내게 꼭 맞아 You Fit Into Me 44
외식하는 사람들 They Eat Out 45
적대적인 국가들 They Are Hostile Nations 47
나는 네게 말해 줄 수 없다 I Can't Tell You 50
땅파기 Digging 52
너는 행복하다 You are Happy 55
돼지의 노래 Pig Song 56
쥐의 노래 Rat Song 58
까마귀의 노래 Crow Song 60

올빼미의 노래 Owl Song 63
사이렌의 노래 Siren Song 65
키르케/진흙 시 Circe/Mud Poems 67
이다/아니다 Is/Not 103
불 먹기 Eating Fire 107
자신의 잘못된 마음과 화해하는 여자 111
The Woman makes Peace with her Faulty Heart
습지, 매 Marsh Hawk 114
밤의 시 Night Poem 116
진짜 이야기 True Stories 118
엽서 Postcard 121
대화 A Conversation 123
당신 자신의 몸 안에서 날기 Flying Inside Your Own Body 124
고문 Torture 125
여성 문제 A Woman's Issue 127
잠이라는 말의 변주곡 Variation on the Word Sleep 129
버섯 Mushrooms 131
뱀 여자 Snake Woman 134
뱀 먹기 Eating Snake 136
헤라클레이토스 이후 After Heraclitus 138
오르페우스 1 Orpheus (1) 140
에우리디케 Eurydice 143
페르세포네의 편지 Letter from Persephone 146

오르페우스 2 Orpheus (2) 148
슬픈 아이 A Sad Child 150
줄라이 양이 늙어 가네 Miss July Grows Older 152
마네의 올랭피아 Manet's Olympia 156
트로이의 헬렌이 카운터에서 춤춘다 158
Helen of Troy Does Counter Dancing
방문 A Visit 162
권태 Bored 165
불탄 집에서의 아침 Morning in the Burned House 167
마음 Heart 170
시 읽기 Poetry Reading 172
올빼미 가수 The Singer of Owls 176
가을이다 It's Autumn 178
아무도 누가 이기는지 관심 없다 Nobody Cares Who Wins 180
죽은 사람들에게 질문하기 Questioning the Dead 182
충실한 Dutiful 184
문 The Door 186

작가에 대하여: '진짜 이야기'를 향한 여정(허현숙) 189

이게 내 사진이에요

This is a Photograph of Me

그건 얼마 전에 찍은 거랍니다.
처음에는 그게
더러워진
인쇄물인 듯 보여요. 종이에 흐릿한 선들과
회색 반점들이 섞여 있어요.

그것을 살펴보면, 다음으로는
왼쪽 구석에
나뭇가지 같은 것을 보게 되지요. 나무 조각
(발삼나무 아니면 가문비나무)이 나타나고
그리고, 오른쪽으로, 분명 완만한
비탈 중간 위쪽에,
나무로 지은 작은 집이 하나 있어요.

배경에는 호수가,
그리고 그 너머로, 낮은 언덕들이 있어요.

(그 사진은 내가 물에 빠진 다음 날
찍은 거예요.

나는 그 호수 속, 사진
가운데, 수면 바로 아래에 있어요.

정확하게 어디라고,
또는 내가 얼마나 큰지 작은지
말하기는 어려워요.
물이 빛을 받아 굴절이
나타나지요.

하지만 충분히 오래 들여다보면,
결국
나를 볼 수 있을 거예요.)

도시 계획가들

The City Planners

건조한 8월의 햇살 아래
일요일의 주거 지역 거리를 거닐 때,
우리를 성가시게 하는 것은 바로
말짱한 정신.
배운 티 내는 양 줄지어 있는 주택들, 깨끗하게
심어져 있는 나무들은, 우리 차 문이 찌그러진 것을
꾸짖는 듯 지표면이 수평임을 확고히 드러낸다.
이곳에서는 고함이나,
유리 깨는 일 전혀 없다. 풀죽은 잔디밭에서
잔디깎이가 곧바로 베며 걸맞게 내는
윙윙대는 소리보다 더 갑작스러운 것은 없다.

하지만 차도는 평평해서
흥분하지 않도록
깔끔하게 비켜서지만, 지붕들은 모두 똑같이
어떤 것을 뜨거운 하늘까지, 피하고 있음을
경사면으로 보여 준다.
차고 안 희미하게 떠도는
역겨운 기름 냄새,
상처처럼 놀랍게 벽돌 위에 흩뿌려진 페인트,
포악스럽게 휘감긴 플라스틱
호스, 심지어 널따란 창문에 딱 붙어 있는 시선조차도

나중에 석고에 나게 될 틈새의 뒤나
그 아래 풍경으로 잠깐 접근할 것이다
주택들이, 고꾸라져, 지금은
아무도 눈치채지 않는
빙하처럼 점차, 진흙 바다로
비스듬히 기울어질 때.

저곳이 바로 도시 계획가들이
제정신 아닌 정치 음모꾼의 얼굴로
아직 측량도 하지 않은 곳들에
흩어져서, 각자 자신만의 은밀한 눈보라 속에
서로서로 숨어 있는 곳이다.

방향을 추측하면서 그들은
사라지는 하얀 대기 속 울타리 위에
덧없는 선들을 나무 경계선인 양 분명하게 그린다

단조롭게 미친 듯 내리는 눈 속에서
교외의 공황 상태 질서를 추적하면서.

저 나라의 동물들

The Animals in That Country

저 나라의 동물들은
사람의 얼굴을 하고 있다.

의식을 갖춘 고양이들이
거리를 지배하고

여우는 예의를 갖춰
땅을 향해 달리며,
그 주변에 서 있는 사냥꾼들은
풍속(風俗) 태피스트리 속에 고정되어 있다.

피로 수놓인 황소,
우아하게 죽음을 맞이하고,
트럼펫과 그에게 새겨진
이름, 전령의 표식을 받는다
왜냐하면

(그가 가슴 속에 칼을 품고,
모래 위에서 굴렀을 때, 그의 푸른 입안 이빨이
인간의 것이었다)

그는 실제로는 사람이므로

심지어 늑대들조차도
전설로 가득한 숲속에서
낭랑하게 대화를 계속한다.

이 나라의 동물들은
동물들의 얼굴을
하고 있다.

그들의 눈은
자동차의 헤드라이트에
한 번 번쩍이고 사라진다.
그들의 죽음은 우아하지 않다.

그들은 누구의 얼굴도
지니지 않는다.

집주인 여자

The Landlady

이곳은 집주인 여자의 거처.

그 여자는
내 아래층 방에서 느슨하게 들리는
꾸미지 않은 목소리,

아래층에서 계속되는
티격태격
이 집에서는 피가 머리를 관통하는
다툼으로 여겨지는.

그 여자는 사방에 있어,
내 방문 틈으로 불거지는 냄새처럼 쳐들어오고,
내 변변찮은 식사를
주도하며, 불빛을 켜서
눈을 피곤케 한다.
그녀에게서 나는 시간을 빌린다.
그녀는 내 세월을 마치 문처럼
쾅 닫는다.
내 것은 아무것도 없다

내가 눈을 뚫고 감히 도망치는

꿈을 꿀 때
나 자신 항상
여자 집주인이 소유한 거대한 얼굴 위를
걷고 있음을 알게 되어, 소리 지르며 깨어난다.
그 여자는 하나의 덩어리,
우주의 부풀어 오른 어떤 노끈 같은 것. 나 비록
그녀 주위에 서서 어떤 길을
찾으려고도 했지만, 내 감각들은
인식으로 족쇄 채워져
그녀를 꿰뚫어 볼 수 없다.

그녀는 저기 서 있다, 내 길을
막고 있는 요란스러운 사실.
변할 수 없는,
실재하는 것의 널빤지,

베이컨처럼 고체.

점점 더

More and More

점점 더 자주 나를 품은 모서리는
해체되어, 나는, 가능하면
멋진 식물이 껍질을 뚫고 산소로 마술 부리듯
너를 포함한, 세상을 이해하고,
그래서 해롭지 않은 불타는 초록으로
살고 싶어라.

나는 너를
소진하지도, 결코
끝장내지도 않을 것이니, 너는 가만히
그곳에 있어도 좋을 것이라, 나를 에워싸고,
공기처럼 완벽하게.

불행하게도 내게는 잎사귀가 없어.
대신 눈과
이가 있고 삼투압이 일어나지 않는
초록 아닌 것들이 있어.

그러니까 조심하라는 말이니,
나는 네게 온당한 경고를 하고 있어.

이런 유의 갈증에는 그 자체의

공간으로 모든 것들을
끌어당기니. 우리는 그걸 전부
말할 수도 없고, 평온하게
합리적으로 토론할 수도 없어.

여기에 이유는 없어, 그저
뼈에 굶주린 개의 논리뿐.

보스턴의 관광안내소에서

At the Tourist Centre in Boston

유리 아래 내 나라가 있다,
하얀 양각 지도 —
도시에 빨간 점 찍고,
벽 크기에 맞게 축소된.

그리고 옆에는 열 개의 확대된 사진들
각 지역에 하나씩,
자주색 섞인 갈색과 특이한 빨강,
나무들의 초록은 흐릿한.
그러나 온통 도드라지게
순수한 파랑.

산과 호수 그리고 더 많은 호수들
(비록 퀘벡은 식당이고 온타리오는 의회 건물의
텅 빈 내부이지만),
산길을 오르고 물고기를 낚아 올리고
물속에서 텀벙거리는 사람 아무도 없다

그러나 활짝 웃으며 도열한 관광객들 —
이곳을 보라, 서스캐처원은
평평한 호수, 편리한 바위들
그곳에서 아이 둘이

아버지와 자세를 취하고
깔끔한 바지 차림의 어머니는
연기 나지 않는 불로 무언가 요리하는데,
그녀의 이는 표백제처럼 하얗다.

이것이 누구의 꿈인지, 나는 알고 싶다.
이것은 가공된
환각일까, 냉소적인 소설,
수출용으로만 쓰는 미끼일까?

나는 사람들을 기억하는 것 같다,
적어도 도시 안의, 그리고 진창과,
기계와 다양한 쓰레기를. 아마
저게 내 은밀한 신기루

내가 돌아가면 곧
연기로 사라질. 아니면 시민들이 떠나서,
특이한 곳 — 초록의 숲으로
달려가
갈색의 산들 사이에서
관광객 무리를 기다리며
이상스러운 붉은 대학살을 계획할 것이다.

의심 없는
진열창의 여자, 당신에게 나는 질문한다.

당신은 물 아래에서 당신을 지켜보는
그 무엇도 안 보나요?

하늘은 늘 저렇게 푸르렀나요?

저곳에 누가 정말 살고 있나요?

배경이 카우보이를 알려 준다

Backdrop Addresses Cowboy

별 장식을 단 카우보이
거의 바보스럽다고 할 서부에서 나와
한가롭게 거니는데, 당신 얼굴에는
도자기 같은 미소 어리고,
당신 뒤에 끈을 매단 마차로
종이 반죽 선인장을 끌고 가는,

당신은 욕조처럼 순진하고
총알 가득 채우고 있다.

당신의 정의로운 눈, 당신의 간결한
집게손가락
건달들로 거리를 가득 채운다.
당신이 움직일 때, 당신 앞의 공기는
목표물로 꽃피우고

당신은 영웅적인
절망의 흔적을 뒤에 남긴다.
길가에 무참히 스러진
맥주병,
석양에 탈색하는
새의 해골들.

나는 절벽 뒤에서 또는 판지를 댄 상점 앞에서
지켜봐야만 한다
총격이 시작될 때, 팔짱을 끼고
존경의 자세로,

그러나 나는 다른 곳에 있다.

그러니 나는 어떠한가

당신이 늘 건너려 애쓰는
저 경계선에서 당신을 마주하는
나는 어떠한가?

나는 당신이 향하는
수평선, 당신이 결코 올가미 지울 수 없는 존재

나는 또한 당신을 둘러싸고 있는 것.
내 머리는
당신의 깡통, 뼈, 텅 빈 조가비,
당신 침입의 쓰레기로
산산조각 부서졌다.

나는 당신이 지나가며
훼손한 공간.

첫 이웃

First Neighbours

내가 뒤섞여 사는 사람들, 이전에
내게 용서할 수 없을 정도로, 그들의 재산인
공기를 호흡하는 것에 불평했다,
다르게 생긴 내 귀에 —
사투리를 꼬아 말하면서.

그러나 나는 적응하려고 했다

(빨간색 낡은 페티코트를 입은
소녀, 내 빵이 탔다며 조롱했다

네 고향으로 돌아가라고

나는 입술을 꽉 깨물었다. 그리고 알게 되었다 저 영국은
지금 닿을 수 없음을, 세면대에 대해
내게 아무도 가르쳐 주지 않아 바닷속으로 가라앉았음을)

소수의 불구자가 되는 것에 익숙했고,
부적절한 말을 하고,
부질없는 저능아의 몸짓을 하리라 여겨졌다

(난로에 말리는 막대기 위에

웅크린 것에 대해
인디언에게 물었다, 저게 두꺼비야?
그는 짜증 내며 대답했다, 아냐 아냐,
사슴 간이야, 아주 훌륭한)

나는 결국 갈라진 방수포
가죽을 키웠다. 나는 낯선 의미를 지닌
보슬비와 타협하여, 그것을 딱 자유 범위에
맞춰 정했다. 참아야 하지만
놀라지 않을 어떤 것으로.

정확하지 않다. 숲은 여전히 나를 속일 수 있다.
어느 오후 내가 새를
그리고 있을 때, 악의에 찬 얼굴이
내 어깨 너머로 스쳤다.
나뭇가지들이 흔들렸다.

해결: 머뭇거리고 어렵사리 놀라기
(물론 어설프고
섬뜩한 것은 어쩔 수 없지만)

언어에 대한 나의

손상된 지식이
늘 예측 불가능한 이 영역에서

거울을 들여다보며

Looking in a Mirror

마치 내가 7년 동안
잠들었다 깨어난 듯했다

흙에 썩어 종교적으로
까맣게 된
딱딱한 레이스와 강한 물을 보니

대신 내 피부는 줄기와 하얀 뿌리의 털로
두꺼워졌다

나는 가문의 보물인 내 얼굴을
다른 쓰레기 중에서 으스러진 달걀 껍데기와
함께 갖고 갔다.
숲길에서 깨어진 도자기 접시,
인도산 낡은 솥, 편지 쪼가리들

그리고 이곳 태양이 상스러운 색깔로
나를 물들였다

손은 딱딱해지고, 손가락은
잔가지에 부러지고
눈은 7년이 지나

갈피를 못 잡아, 거의
눈먼/꽃봉오리, 그저 바람을
볼 수 있는

불길 속 바위처럼
갈라져 벌린 입
이게 무어냐고
말하려 애쓰는

(너는 네가 이미 존재하는
그 형태를 볼 따름
그러나 어쩌랴
네가 저것을 잊었다 한들
네가 결코 알지 못했던 것을
발견한들)

이민자들

The Immigrants

그들은 물려받을 수 있다
종려나무 늘어선 곳에 연결된 보도,
닳아 무른 벽돌들, 강렬한
잔디 냄새들, 땅의 윤곽까지
소용돌이무늬 이룬 과수원, 변화된 날씨를

그러나 그들이 너무 가난하여
그것을 유지할 수 없다거나, 누군가
그들을 알아채고 죽이려 한다거나, 그들이 쓸모없다고
선언하는 법이 도시마다 통과되었다는 말을 듣는다.

나는 그들이 구토물 냄새 밴 곳에서부터,
우글거리며, 쇠약한 모습으로,
떠돌아다니느라 잿빛으로 변한 피부를 하고
오는 것을 본다. 그들이 바닷가에 발을 내디딜 때

오래된 나라들은 약해져서,
마치 유리병에 보관한 담석처럼 보존된
완벽한, 조그맣게 된 성들이 되고,
마을은 언덕 위에서
문진 같은 분명한 빛을 받으며 흔들린다.

그들은 옷, 그릇, 가족사진을 담은
여행 가방과 트렁크를 끌고 간다.
그들은 나이 든 사람들처럼
명령을 내리고, 조그마한 과수원에 씨를 뿌리며,
아이들과 양 떼를 나무로 조각하겠다고 생각하지만

늘 그들은 늘 너무나 가난하다. 하늘은
단조롭고, 초록 과일은
초원의 햇살 속에서 쪼그라지고, 숲은 화재를 기다린다.
그래서 그들이 만약 돌아간다면, 도시는

이슥고 무너지고, 그들의 언어는
거북한 이 사이에서 더듬거리며, 그들의 귀는
깨진 유리 소리로 가득 찬다.
나는 그것들을 잊을 수 있기를 소망하고
그렇게 나 자신을 잊는다.

나의 마음은 드넓은 분홍색 지도
그것을 가로질러
매해 화살과 점박이 선들이, 더 더 이동하고,
기차에 탄 사람들

역마다 유리창 밖으로 삐죽 나온
그들의 머리. 우유를 마시거나 노래하며,
표정을 턱수염이나 숄로 가리고
알 수 없는 땅을 향해 알 수 없는 땅의
대양을 밤낮 가로질러 간다.

다른 아이들의 죽음

The Deaths of the Other Children

몸이 죽는다

조금씩 조금씩

몸은 스스로 파묻는다

스스로 연결한다
해이해진 마음에, 블랙베리에,
엉겅퀴에,
송곳 같은 바람과 함께
이전 우리 집의 얕은 분수대,
모래흙 속 지금은 어두컴컴한 구멍 너머
달리면서

나는 저 모든 세월을 허비한 것일까
나의 이 집
내 자아의
　　　　　합성물, 이 무너지는 돼지우리를 짓느라고?

내 팔, 내 눈, 내 애도하는
말들, 쓰러진 내 아이들

나는 온갖 곳을 걸어 다닌다, 무성하게 자란
길을 따라, 번어 가는 들장미에
스커트 자락 걸리적거리고

그들은 손가락으로 내 발꿈치를 붙잡는다

소녀와 말

Girl and Horse

너는 나보다 더 어리고, 너는
내가 결코 알지 못하며, 너는 나무 아래
서서, 얼굴을 반쯤 그늘에 가리고,
말 고삐를 잡고 있다.

너는 왜 웃고 있니? 너는 주변에
내리는 사과꽃, 눈, 태양을
볼 수 없니? 들어 봐, 나무가 마르며,
불에 타는 것을, 바람이

네 몸을 구부리고, 네 얼굴은
물처럼 주름진다   너는 어디로 갔니
아니, 너는 그곳에 똑
같이 서 있구나, 너는 내 말을 듣지 못하지, 40년

전 너는 빛에 휩싸여
우리가 살고, 아무것도 변할 수 없다고
믿으며 늙어 가는 저 비밀스러운 곳에
꼼짝도 하지 않고 있었다.

(그림의
다른 쪽, 순간은

지나고, 나무의
그림자가 움직였다. 너는 손을 흔들고,

몸을 돌려, 사라진 과수원을
지나 시야 밖으로
나아간다, 의식하지 않는다는 듯
조용히 미소를 지으며)

키클롭스

Cyclops

너, 길을 따라간다,
모기에 당하며, 달도 없고, 한쪽 오렌지 눈
손전등으로

볼 수 없다, 네 흐릿한 시각 너머
무엇이 있는지, 가슴까지 무섭게
쪼그라들게 하고,
잎새들 사이에 툭 튀어나오는 것이
무엇인지
무엇이 털로 덮인 목처럼 서걱거리는
소리를 내는지

네가 저들을 해치려 하지 않는다는 것이 사실이니?

네게 아무런 두려움이 없다는 것이 사실이니?
그렇다면 신발을 벗어,
눈을 다 드러내고,
마치 강물에서인 듯 저 어둠 속에서 헤엄쳐

갑옷으로 너 자신을
숨기지 마

그들은 숨어서 너를 지켜본다.
너는 화학 물질의
냄새, 차가운 불, 너는
거인이며 설명하기 어려워

할퀼 가능성이 두터운
저들의 무시무시한 밤에
위험을 알 수 없는 곳에서

너는 가장 커다란 괴물이야.

스케이트 타는 여자

Woman Skating

삼나무와 가문비나무 언덕들 사이에
가라앉은 호수.
늦은 오후.

빙판 위에서 스케이트를 타는 어떤 여자.
하얀색에 대비되는
난데없는 빨간 재킷,

완벽하게 원으로
움직이는 것에 집중하며

(사실 그녀는 내 어머니, 저 너머 묘지 근처
야외 스케이트장에
있다. 그녀 주변 삼면으로
갈색 벽돌집들.
자동차들이 지나간다. 네 번째 면에는
주차장 건물이 있다.
링크 주변에 쌓인 눈은 그을음이 낀
회색이다. 그녀는 결코 이곳에서
스케이트를 타지 않는다. 그녀는 스웨터를 입고
바랜 적갈색의 귀마개를 하고 있으며, 장갑을
벗고 있다.)

지금 지평선 가까이
커다랗게 된 분홍색 해가 빙글 내려간다.
곧 제로가 될 것이다.

스케이트 타는 이가 팔을 넓게 벌리고
돈다, 물속으로 뛰어드는 이가
거품을 뒤에 남기듯 숨을 남기며.

얼음은 원래 그대로,
물임을,
달은 원래대로, 발아래에서
연속해서
일어나는 해임을
알며,
금속 날 위에서
제때 한결같이, 시간의
순환 너머
균형 잡은 사람의 모형을
(받침대 위에 떠 있는
저 보폭들) 보는 것,   기적이다.

나는 모든 것들 위에
유리 종을 놓는다

너는 내게 꼭 맞아

You Fit Into Me

너는 내게 꼭 맞아
마치 눈 속으로 향하는 낚싯바늘처럼

물고기용 낚싯바늘
뜬 눈

외식하는 사람들

They Eat Out

식당에서 우리는 논쟁을 벌인다
우리 중 누가 너의 장례식에 비용을 댈 것인지에 대해

그러나 진짜 질문은
내가 너를 불멸의 존재로 만들 것인지 아닌지다.

지금 오직 나만이
그것을 할 수 있고 그래서

나는 마법의 포크를
쇠고기 볶음밥 접시에서 들어 올려

너의 가슴 속으로 처박는다.
희미하게 들리는 노래, 지글거리는 소리

그리고 너는 쪼개진 머리로
이글거리며 일어선다.

천장이 열리고
어떤 목소리가 「사랑은 아주

황홀한 것」을 노래한다

너는 매달린 채 걸려 있다 이 도시 위에

푸른 타이츠를 신고 빨간 망토를 걸치고,
일제히 반짝이는 너의 눈.

식사 중인 다른 사람들이 너를 본다
몇몇은 경외심으로, 몇몇은 그냥 지루해서.

그들은 네가 신무기인지
아니면 그저 새로 나온 광고인지 갈피 잡을 수 없다.

나로 말할 것 같으면, 계속 먹는다.
나는 네가 살아 온 대로 너를 더 좋아했으나,
너는 늘 야심에 차 있었다.

적대적인 국가들

They are Hostile Nations

1

사라지는 동물
급증하는 하수관과 두려움
막히는 바닷물, 점점 더
희박해지는 공기를 볼 때

우리는 친절해야 하고, 경고를
받아들여야 하며, 우리는 서로 용서해야 한다

그 대신 우리는 서로 반대하며, 우리는
공격하는 양 접촉하고,

우리가 선의의 믿음으로
가져오는 선물조차도
우리의 손에서 어쩌면 도구로, 책략으로
비뚤어진다

2

나를 조준하는 것을 내려놓아라
너는 쌍안경 안에서 감시하고
나는 결국 항복할 것이다

이 공중 사진은
(붉은색으로 표시된
너의 약한 부분)
내게는 아주 쓸모 있다

보라, 우리는 홀로다
휴면기의 땅에서, 먹을 수도
함락시킬 수도 없는 눈 속에서

3
여기에는 적도 없고
여기에는 돈도 없다

추운데 점점 더 추워진다

우리는 서로의
숨결, 온기가 필요하다, 살아남는 것이
우리가 할 수 있는
유일한 싸움, 머무르라

나와 함께 걸으면서, 우리가
(아마) 지난 여름만큼

멀리 갈 수만 있다면

시간은 가까이 있다

나는 네게 말해 줄 수 없다

I Can't Tell You

나는 네게 말해 줄 수 없다 내 이름을
너는 내게 이름이 있다는 것을 믿지 않는다

나는 이 배가 가라앉고 있다고 네게 경고할 수 없다
그렇게 되도록 네가 계획했다

네게는 체면이 전혀 없지만
너는 알고 있다 그것이 내 마음을 끈다는 것을

너는 내 해골이 될 정도로 충분히
나이 들었다. 너는 그것 역시 알고 있다.

나는 네게 말할 수 없다 바다가 네 편이기를
내가 원하지 않는다는 것을

너는 대지의 그물들을 지니고 있고
나는 오직 가위 하나만 갖고 있을 뿐.

내가 너를 찾을 때 나는
물이나 움직이는 그림자를 본다

내가 너를 잃을 길은 없다

너를 이미 잃었을 때

땅파기

Digging

이 농장에서 나는
마당을 삽으로 판다

신전 옆에서 입 벌린
여신을 향해. 삭아 버린
건초, 눅눅하고 푹푹 찌는
햇살 아래, 곰팡이 핀
골판지 냄새,

멜론을 키우려
썩은 똥을 상자 가득 채우며.

나는 땅을 판다 원한이 있어서
나는 땅을 판다 화가 나서
나는 땅을 판다 배가 고파서,
똥 더미가 파리들로 반짝인다.

나는 무시하려 애쓴다
시큼한 냄새 나는 옷
조반으로 먹은 오렌지와 환각제 음료
검은 빵, 토사물 맛
나는 버터, 냉장고

오래된 후회를

나는 내 것이 아닌
과거, 똥거름의 고고학으로
나 자신을 방어한다.
이것은 역사가 아니며, 이곳에서
일어난 것은 아무것도 없었다. 어떤 싸움도

승리도 없었다. 그저 죽음뿐.
이 얼룩진 뼈를 보라. 이곳에 내던져지거나 끌려온
어떤 설치류의 골반,
조그맣고, 내몰렸을 때에는 흉포한.

이 뼈는 그것의 마지막 가냘픈 비명,
이빨의 엄중한 신조.

나는 그것을 사슬로 엮어
내 목에 두르련다. 어떤 것이라도
물리치는 부적

사실이 아닌 것,
음식이 아닌 것,

상징, 기념비,

용서, 계약, 사랑을 포함하여.

너는 행복하다

You are Happy

물길은 다 드러난
돌멩이 위로 길게 휘돌아 내려가는데,
주변에는 얼음이 살짝 끼어 있다

우리는 언덕을 따라
탁 트인 해변까지
따로따로 걸어가 보니, 사용하지 않는
테이블, 갈색 파도를
일으키는 바람, 부식, 자갈 위로
거칠게 구르는 자갈들.

도랑에는 머리 없는
사슴의 사체. 나지막이 떠 있는
분홍 태양을 향해
눈부신 길을 가로질러 날아가는 새.

이렇게 추울 때 당신이 그저 추위 말고는,
바늘, 크리스털 같은 당신 눈 속으로 박히는
이미지들 말고는

아무것도 생각할 수 없을 때
당신은 행복하다.

돼지의 노래

Pig Song

이게 당신이 나를 바꿔 놓은 모양.
민달팽이 눈을 달고,
엉덩이 화신으로,
순무처럼 느리게 퍼지는 회분홍 식물.

당신 차례가 되면 먹을 수 있게
당신이 채워 놓는 피부, 악취 나는
살점 사마귀, 우적우적 먹으며
부풀어 오르는
커다란 피고름. 아주 좋다. 다만

내게는 겨우 반이 우리에
갇힌, 하늘이 있고, 구석에는
잡초들이 있어, 나는 늘 바쁘게 지내면서,
노래하지, 뿌리와 코,

똥의 노래를. 부인,
이 노래가 당신의 화를 돋우지, 이 꿀꿀거리는
소리를 당신은 매우 성적이라고 여기지,
소박한 식탐을 성욕으로 오해해서.

나는 당신의 것. 당신이 내게 쓰레기를

먹이로 주면, 나는 쓰레기 노래를 부를 거야.
이 노래는 찬송가야.

쥐의 노래

Rat Song

내 노래를 들으면
당신은 총과 손전등을 내려
내 머리를 조준하지만
당신은 늘 놓치고

당신이 독을 설치할 때
나는 그 위에 오줌을 싸서
다른 쥐들에게 경고하지.

당신은 생각하지 저놈은 너무 영리해,
너무 위험하다고, 내가 주변에 붙박이로 있으면서
도륙당하지는 않으니까
당신은 내 털과 이쁜 이빨, 여섯 개의
젖꼭지와 뱀 꼬리에도 불구하고
나를 너무 추하다고 여기지.
내가 바라는 것은 사랑이 전부야, 멍청한
인간들아. 할 수 있다면 보라고.

그래, 나는 기생충이고, 당신들이
남긴 것, 연골, 썩은 기름을 먹고 살지,
나는 요구하지 않는데도 받고
집을 짓지, 당신들의 장롱 안에

당신들의 옷과 내의로.
당신들도 할 수 있다면 해 보시지,

당신들도 내 분명한 증오에
공감할 수 있다면.
내가 원하는 것은 당신의 혀, 당신 목 속에
갇힌 내 짝꿍.
물론 당신은 기름진 사람의 목소리로
그를 익사시키려 애쓰지만,
그는 숨어 버리지 / 당신의 음절들 사이에서
나는 그의 노래를 들을 수 있어.

까마귀의 노래

Crow Song

메마른 햇살 아래, 옥수수가
썩어 말라비틀어지고 있는
언덕 너머, 너희는 떼로 모여 다투고 있다.
내 족속이여, 이곳에 너희를 위한 것은 많지 않다,
만약
오로지 만약이
있을 따름

나는 근엄한 검은 제복을 입고
희망을 알리는
깃발을 치켜들었으나
성공하지 못했고
허가받지 못한다.
나는 지금 승리하라고
말하며 너희들이 나를 따르도록
깃발을 흔들라고 말하는
천사를 마주해야 한다

너희들이 나를 무시하니,
당혹스러운 나의 족속들, 너희들은 너무 많은
이론들을, 너무 많은
빗나간 총알들을 감내하여

눈은, 의심쩍은, 자갈,

이 힘겨운 들판에서
너희는 씨앗
열매 위 팔꿈치의 수사에만
주의를 기울인다.

너희에게 너무 많은 지도자가 있고
너희는 너무 많은 전쟁을 치르는데,
그 모두 젠체하며 좀스럽다,
너희는 잘 차려입고 싶을 때에만
저항하며,
온전한 시체들을 잊어버린다……

나는 알고 있다 신이
내려와 너희에게 먹이를 주고
처벌하기를 너희들이 바란다는 것을. 저 막대기에
걸린 외투는 살아 있지 않다

천사는 없지만

굶주림의 천사는 있다
물건을 잡을 수 있고 식도처럼 부드러운.

나의 족속이여,

나는 너희를 지켜보며 냉소적으로 된다,
너희는 희망으로 나를 속였고
정치와 함께 나를 홀로 남기고 떠났다……

올빼미의 노래

Owl Song

나는 살해된 여자의 심장
집으로 가는 길을 잘못 든 여자
텅 빈 곳에서 목 졸려 묻히지도 못한 여자
나무 아래에서 주의 깊게 총살된 여자
버석거리는 칼에 훼손된 여자.
우리 중 많은 이들.

내게 깃털이 자라났고 나는 부리나케 내 길을 그녀로부터 갈라 냈다.
나는 깃털 달린 심장 모양이다.
내 입은 끌, 나의 손
손으로 저지른 죄.

나는 숲에 앉아 죽음에 대해 말한다
단조롭다.
물론 죽는 방법이 여럿 있으나
죽음의 노래는 단 하나,
안개의 색깔.
그것이 왜 왜라고 묻는다.

나는 복수를 바라지 않으며, 속죄도 원하지 않는다.
나는 그저 누군가에게 묻고 싶을 따름

내가 어떻게 죽었는지
내가 어떻게 죽었는지

나는 살인자의 잃어버린 심장
아직 살해하지 않은,
살해하고 싶음을
알지 못하는. 여전히
다른 사람들과 같은.

나는 그를 찾고 있다,
그는 내게 답을 줄 것이다.
그는 발걸음 살필 것이며, 조심스럽고
폭력적일 것이다, 내 갈고리발톱은
그의 손을 통해 자라서
갈고리발톱이 될 것이고, 그는 잡히지 않을 것이다.

사이렌의 노래

Siren Song

이 노래는 모두가 배우고 싶어 하는
하나의 노래.
거부할 수 없는 노래.

사람들이 해변가에 놓인 해골을
본다 해도 무리를 지어
갑판을 뛰어넘게 하는 노래

아무도 모르는 노래
들은 사람은 누구나
죽으니까, 그래서 다른 사람은 기억할 수 없으니까.

내가 당신에게 그 비밀을 말해 줄 수
있을까, 내가 그럴 수 있다면, 당신은 이 새의
옷에서 벗어나게 해 주겠는가?

나는 이곳에서 노래를 즐기지 않아
생생한 신화 같은 이 섬에서
깃털 같은 미치광이 두 명과 함께

웅크려,
나는 노래하는 것을 즐기지 않아

이 치명적이고 소중한 삼중주를.

나는 당신에게 비밀을 말할 거야,
당신에게, 오직 당신에게만.
가까이 와. 이 노래는

도와달라는 외침 소리. 나를 도와줘!
당신만이, 당신만이 할 수 있어,
끝으로 당신은

유일무이한 존재야. 아
이 노래는 지루한 노래
그러나 항상 효과가 있지.

키르케/진흙 시

Circe/Mud Poems

불에 타 성기게 된
이 숲 사이로 뭉툭한
몸통에서 뻗은 가지들, 까맣게 탄 나뭇가지들

등뼈, 가지 친 뿔의 이 숲
배는 물이 있는 양 미끄러져 가고

불탄 자리의 붉은 잡초는 공기를 후드득 튀긴다
그것이 힘, 꽃잎이 천천히 사라질 때
그을린 바위 너머
침해하고 부수는 힘

당신은 내 어휘의 범주 안에서 움직이고
메마른 해안가에 닿는다

당신은 무엇이 있는지를 알아낸다.

독수리의 머리를 한 사람들은
더이상 내 관심을 끌지 않는다
돼지-인간이나, 촛농과 깃털의 도움으로
날 수 있는 사람들

또는 옷을 벗어
다른 옷을 보이는 사람들이나
푸른 가죽 피부의 사람들

문장(紋章)처럼 황금색의 따분한 사람들
또는 갈고리를 지닌 사람들, 유리 눈을 한
배부른 사람들, 아니면
정강이받이와 증기 기관처럼 위계적인 사람들.

나는 이 모두를 창조할 수도 만들 수도 있고,
아니면 쉽게 찾을 수 있다. 그들은 이 섬 주변에서
파리 떼처럼 흔하게, 기습 공격하고 천둥 치고,
불꽃을 번쩍이며, 서로 부딪친다,

무더운 날에는 그들이 녹으며, 서로 떨어지고,
마치 병든 갈매기처럼, 왕좌에서 밀려나,
대양으로 떨어지는 것을

볼 수 있다, 비행기가 충돌한다.

나는 대신 다른 사람들을 찾는다,
남겨진 사람들,
이 신화에서 겨우 목숨 부지하고
도망친 사람들.
그들에게는 진실한 얼굴과 손이 있고, 그들은
자신들이 얼마간
잘못했다고 생각하며, 차라리 나무가 되고자 한다.

내 잘못이 아니었다, 한때 연인이었던
이 동물들

내 잘못이 아니었다. 주둥이와
발굽, 두꺼워지고 거친
혀, 이빨과 털로 덥수룩
자라난 입

나는 누더기 깔개,
엄니가 솟은 가면을 더하지 않았다,
그것들은 우연히 일어났다

나는 어떤 말도 하지 않았다, 나는 앉아
지켜보았고, 그것들은 우연히 일어났다
내가 아무 말도 하지 않았으므로.

내 잘못이 아니었다, 점점 더 굳어 가는
피부 껍질을 통과해서 더 이상
나를 만질 수 없는 이 동물들,
말할 수 없어서
갈증으로 죽어 가는 이 동물들

부서지고 절벽 아래 바닥으로
흐트러져 죽어 가는
이 해골들, 이 만신창이가 된
말들.

사람들은 나와 상의하려고 사방에서 온다, 설명할 수 없을 정도로 다 떨어진 팔다리로, 그들은 이유를 알지 못하며, 내 현관은 손들로 허리까지 차 있는데, 피클 병에 모은 피를 가져오면서, 밤이면 들을 수도 듣지 않을 수도 없는 자신들의 마음에 대한 두려움도 함께 들고 온다. 그들은 내게 자신들의 고통을 내보이면서, 답례로 그들은 매일 삽이나 토끼, 전기톱으로 공격했던, 말 없는 사람들, 공인된 언어로 말하지 않아서 침묵하고 있다고 그들이 비난했던 사람들로부터의 말 한마디, 말 한마디를 기대한다.

나는 머리를 땅에, 돌멩이에, 수풀에 대고 소일하면서, 남겨진 두어 마디 소리 없는 말들을 수집한다. 저녁이면 떠들썩하게 애원하는, 그들에게, 가끔 편지를 주며 공평하려고 애쓰는데, 그들은 1층에 정교하게 계단을 만들어 무릎을 꿇고 내게 접근할 수 있다. 풀, 뿌리, 흙, 내 주변 모든 것이 닳아빠져, 다 드러난 바위 말고는 남은 것이 없다.

나와 함께 멀리 갑시다, 우리는 사막의 섬에서 살 수 있어요라고 그가 말했다. 내가 사막의 섬입니다라고 대답했다. 그것은 그가 마음에 둔 말은 아니었다.

나는 아무 선택도 하지 않았다
아무것도 결정하지 않았다

언젠가 당신은 시시하기 짝이 없는 배를 타고 소박하게 나타났다,
당신 살인자의 손, 난파된 배처럼 들쭉날쭉한, 관절 퉁겨진 몸,
앙상한 갈비뼈, 푸른 눈, 그을리고, 목마른, 일상의 모습,
무엇인 — 척했을까? 살아남은 자?

아무것도 바라지 않는다고 말한 사람들은
모든 것을 원한다.
나를 화나게 했던 것은 이런 탐욕이
아니라, 거짓말이었다.

그럼에도 나는 당신에게
당신이 계획한 여행을 위해
요구한 음식을 주었다. 그러나 당신은 여행을 계획하지 않았고
우리 둘 다 알고 있었다.

당신은 그걸 잊었으며,

당신은 옳은 결정을 했다.
나무들이 바람에 꺾이고, 당신은 먹으며, 당신은 쉰다,
당신은 아무것도 생각하지 않으며,
자신의 마음이 텅 빈,
손과 같다고 당신은 말한다.

텅 빈 것은 순수하지 않다.

당신은 할 일이 더 많음에 분명하다
해안에서 해안으로 또 해안으로
바람이 떠밀어 간
것보다 더,
아래로는 나무로 된 몸체를 붙잡으려
뱃머리를 차며, 영혼을 통제하며

나의 성전에서
달이 어디에서 기어 나오는지 묻는데, 어둠의 혀는
풀어진 뼈처럼 말하고, 당신이 믿지 않을
미래를 떨구는 이파리들은

누가 바람을 불어 대게 하는지
성스러운 것은 무엇인지 묻는다

당신은 죽음이 예견된 사람들을
그래서 이미 죽은 사람들을
죽이는 것이 지겹지도 않은가?

당신은 영원히 살기를
바라는 것이 지겹지도 않은가?

앞으로라고 말하는 것이 지겹지도 않은가?

당신은 궁금할지도 모르겠다 내가 왜 당신에게 풍경을 묘사하지 않는지. 금상첨화로 관목 나무가 있고, 그림 같은 기반암과 풍요로운 날씨와 석양, 풍성한 하얀 모래 해변 등등이 있는 이 섬. (그런 것에 내가 책임이 있는 것은 아니다.) 이런 것에 더 나은 여행 책자들이 있고, 그것들에는 이에 더해 너무나 생생해서 당신이 이곳에 실제 있어 따분하다고 느낄 수 있을 만큼 찬란한 그림들도 있다. 그것들은 곤충과 버려진 병들을 빼 버렸지만 그래서 나는 그들 장소에 있고 싶어진다. 모든 광고는, 이를 포함하여, 편파적이다.

이곳에 오기 전 그 장소에 대해 읽어 볼 기회가 있었다. 왜곡을 허용하면서도 당신은 어떤 것으로 향하는지 알고 있었다. 그래서 당신은 초대받은 것이 아니라 낚인 것이다.

그런데 내가 왜 변명해야 하나? 내가 왜 당신을 위해 풍경을 묘사해야 하는가? 당신은 이곳에 살고 있지 않은가? 바로 지금을 나는 뜻한다. 당신 스스로 보라고.

당신은 문 앞에 서 있다
우상인 양 밝게,

당신이 입은 흉갑,
들쑥날쑥한 갈비 모양과
아래쪽 부드러운 배를 덮은
진짜 피부처럼
거의 딱 맞게
매끄러운 청동으로 조각했다.

당신은 희망에
휘둘리지 않고, 오히려 단단해진다,
이 기쁨, 이 기대, 당신의 손 안에서
도끼처럼 반짝인다.

내가 만약, 당신이 원하는 것을
당신이 말하도록 허락한다면, 오늘

이후에도, 당신은 나를 해치려나?

당신이 그럴 거면 나는 당신을 두려워할 터이고,
당신이 그러지 않는다면 나는 당신을 무시할 터

두려움의 대상이 되든지, 무시되든지,
이것이 바로 당신의 선택.

아주 많다 당신이 갖기를
내가 바라는 것들이. 이것은 나의 것, 내 나무,
그 이름을 나는 당신에게 준다,

뿌리처럼 하얗고, 빨간,
음식이 있어, 늪지에서, 해안가에서 자라는,
나는 이 이름들을 또한 당신에게 전한다.

이것, 이 섬은 나의 것, 바위,
얇은 흙 위에 평평하게 뻗은 식물들,
나는 그것들을 포기하니,
당신이 가질 수 있다.

당신은 이 물,
이 살점을 가질 수 있다, 내가 포기한다,

내가 당신을 지켜보는데, 당신은
의식하지 않으면서, 어떻게
받아들이는지 안다고 주장한다.

내 팔을 내려뜨려 잡고
내 머리를 머리카락으로 눌러 잡고

얼굴과 목에
입을 박고, 손가락으로 내 살 속까지 움켜잡고

> (그러라고 해, 이것은 강탈,
> 당신은 내 몸을 드러내라
> 너무나 빠르고
> 불완전하게 윽박질러 그 말들은
> 혀 없이 끝장난다)

내가 더 이상 당신을 믿지 않는다면
이는 증오가 될 것이다

당신은 왜 이래야 하는가?
당신은 내가 무얼 인정하기를 바라는가?

내 얼굴, 나의 다른 얼굴들이
고무처럼 그 위에
펼쳐진다, 열렸다가
닫히는 꽃처럼, 고무처럼,
액체 강철처럼,
강철처럼. 강철 얼굴.

나를 보라 그리고 당신의 비친 모습을 보라.

내 목을 두른 사슬에 매달린,
쇠약한 주먹이
내게 계속 매달리고 싶어
당신의 변신을
명령한다

죽은 손가락들은
서로 부딪치며 투덜거리고, 엄지들은
이지러진 달의 의식을 비빈다

그러나 당신은 보호받고,
으르렁거리지 않으며,
변하지도 않는다,

당신의 단단한 입안 구멍에
이빨들은 고정된 채 남아,
둥그런 은에 재갈 물려 있다.
아무것도 녹슬지 않는다.

가죽 속 구멍 둘 사이로
동글납작한 당신 눈이 반짝인다
흐릿한 석영처럼 하얗게.
당신은 기다린다

주먹이 길길이 움직이다, 그만둔다,
당신은 보이지 않고

당신은 주먹에서 손가락들을 풀고
당신을 믿으라고 내게 명령한다.

이것은 포기될 수 있는 어떤 것이 아니라,
그것이 포기해야만 한다.

그것은 나를 풀어 주고
나는 손목에서 잘린
손처럼 연다

(그것은 고통을
느끼는 팔

그러나 잘린 손
손은 마음대로 붙잡는다)

작년 나는 포기했고
올해 나는 먹어 치운다

죄책감 없이
이게 또한 예술

당신의 상처 난 몸, 가슴의
낫 상처, 달 반점, 망가진 무릎
그럼에도 당신이 하고자 하면 굽히는

망가졌다가 완전하게는 아니지만
조립된, 당신의 몸, 전쟁에
다쳤으나 그리 쉬이
가벼이 움직이는

당신의 몸, 당신이 행한 것,
당신이 자신에게 행한 것 모두를
포함하고 그걸 넘어서는

이것이 내가 원하는 것은 아니지만
나는 또한 이것을 원한다.

이 이야기는, 잠시 지나가던, 다른 나그네가 내게 전했던 말. 모든 것이 그러하듯 외국에서 일어난 것.

그가 젊은 시절 그와 다른 청년이 흙으로 어떤 여자를 만들었다. 그 여자는 목에서 시작하여 무릎과 팔꿈치로 끝났다. 그들은 기본적인 것들을 고수했다. 화창한 날이면 그들은 늘 그녀가 사는 섬으로 건너가곤 했고, 햇빛이 따뜻이 그녀를 비추는 오후가 되면 그녀와 사랑을 나누고, 황홀감에 빠져들었다, 그녀의 부드럽고 축축한 배, 키 작은 잡초들이 이미 뿌리 내리고 벌레가 들어 있는 그녀의 갈색 몸에서. 그들은 번갈아 했고, 서로 질투하지 않았다, 그녀는 그 둘 모두를 원했다. 이후 그들은 그녀의 엉덩이를 더 널찍하게 해 주고, 빛나는 돌멩이 같은 젖꼭지로 그녀의 젖가슴을 부풀게 하면서 그녀를 회복시키곤 했다.

그녀에 대한 그의 사랑은 완벽했고, 그는 그녀에게 어떤 말도 할 수 있었으며, 자신의 삶 전부를 그녀에게 쏟을 수 있었다. 그녀는 갑작스러운 홍수에 떠밀려 가 버렸다. 그가 말하기로는 그 이후 그녀에 버금가는 여자는 없었다고 한다.

이것이 당신이 내가 되기를 바라는, 이 진흙 여자인가? 이것이 내가 되고 싶은 것일까? 그것 참 그리 단순하겠구나.

우리는 삼나무 숲속에서 걷는다
사랑할 마음으로, 아무도 없지만

날 선 푸른 깃털의
새 모양으로
되돌아온 자살자들,
찌를 것 같은 그들의 부리,
죽은 사람들의 음식처럼 붉은 눈,
무지갯빛 음조,
불평하는 듯 아니면 경고하는 듯.

모든 것이 죽는다고 그들은 말한다.
모든 것이 죽는다.
그들의 색깔이 나뭇가지를 관통한다.

그들을 무시하라. 이같이
땅 위에 누우라, 최고조이면서
그들의 것은 아닌 계절같이.

우리의 몸은 그들을 아프게 하고,
우리의 입은 배, 기름,
양파, 우리가 먹는 대지를 맛보는데

그들에게 충분하지는 않았다,
피부 아래 맥박, 분노로
이글거리는 그들의 눈, 그들은 목마르다.

죽어, 그들이 속삭인다, 죽어,
별처럼 자신을 소진하는
그들의 눈, 정감 없는.

그들은 신경 쓰지 않는다
그들이 묻힌 매서운 도랑을
누구의 피로 채웠는지를. 가슴을
관통한 말뚝을. 피가 있는 한
오랫동안.

내가 두려운 것은 당신이 아니라 몸을 지나서
걸을 수 있는 저 다른 사람들,
2차원의 여왕.

그녀는 작은 이로 만든 목걸이를 하고
의식에 대해 알고 있으며, 결과를 얻고,
그게 이처럼 되기를 원한다.

그곳에 서지 마라
죽은 양, 나무 둥치, 어린아이들,
피를 제물로 바치면서,

너의 젖은 눈, 너의 부드럽고,
사랑으로 팽팽한 몸,
내가 그것에 아무것도 할 수 없다고 여기며

그러나 받아들이라, 받아들이라, 받아들이라.
나는 바다가 아니며, 나는 순수한 푸르름도 아니다,
나는 네가 내게 들이미는

어떤 것도 받아서는 안 된다.
나는 나를 닫아걸고, 눈[目]처럼 귀먹고,

상처처럼 귀먹으니, 그 자체의 아픔 외에

아무것에도 귀 기울이지 않는다,
이곳에서 벗어나라.
이곳에서 벗어나라.

당신은 드디어 안전하다고 여긴다. 당신의 불운, 거짓말, 상실, 교활한 떠남 이후 당신은 대개의 참전 용사들이 하고 싶어 하는 것을 하는 중이다. 즉 당신은 여행 책을 쓰고 있다. 당신은 오래되었으나 더 이상 성스럽지 않은, 이 중간 크기 벽돌 건물에서 호젓하게, 매일 아침 하얀 계획 속으로 물러나, 되는 대로 위험들을 채운다, 불길한 꽃을 들고 당신에게 고통을 버리라고 유혹하는 사람들, 당신이 강제로 못 보게 된 사타구니의 위험스러운 털북숭이 눈, 친구라고 오해했던 사람들, 인육을 먹는 저 사람들을. 당신은 세세하게 덧붙인다, 죽은 피의 색깔을.

나는 쟁반에, 대체로 음식을, 귀를, 손가락을 담아 당신에게 가져간다. 당신은 나를 너무 신뢰하여 더 이상 조심스럽지 않아, 자신을 각서에 내맡기고, 저 위협적인 바다를 다시 가로지른다. 당신은 자신의 이야기, 자신의 병에 사로잡혀 무력하다.

그러나 저 대하소설은 끝나지 않았다. 새로운 괴물들이 이미 내 머리 안에서 자라고 있다. 나는 당신에게 경고하려 한다, 비록 당신이 귀 기울이지 않을 것임을 알지만.

예술에 대해서는 그 정도로 하자. 예언에 대해서는 그

정도로 하자.

당신이 아무것도 보지 않을 때
당신은 무엇을 보는가?
종잇장처럼 사라지는 물 위에
누구의 얼굴이 떠 있는가?

기억하라, 첫 번째 얼굴은,
당신이 가구와 함께
포기했다고 여긴 사람.

당신은 또 다른 전쟁이 끝난 후 그녀에게
돌아왔고 어떤 일이 벌어졌는지 보아라
지금 당신은 그것을 다시 해야 할는지
생각 중이다.

그 사이 그녀는 의자에 앉아
왁스를 바르며 안쪽 튜브나
어머니처럼 시들어 간다,
숨을 내쉬고 들이쉬면서,

부엌에서 즐겁게 지내는
구애자들의 공물
그릇, 그릇, 그릇에 둘러싸여,

그들은 그녀가 오늘 저녁
이 대화에서 결정하기를 기다린다
완벽한 취향으로 이뤄져
차와 섹스를 포함
너그럽게 둘 다 베풀게 될.

그녀가 무엇인가 결정하고, 역사들을
엮는데, 그들은 결코 옳지 않으니,
그녀는 그 역사들을 다시 엮어야만 한다,
그녀는 자신의 판을 엮고 있다.

당신이 믿게 될 판으로,
당신이 듣게 될 유일한 판으로.

여기 성스러운 새들,
하얀 유충이 있고, 머리와 목에서
흔들리는 피는 튼튼하다

그들은 씨앗과 오물을 먹고, 판잣집에 살면서,
알을 낳는다, 각기 대낮처럼 성스러운,
노란 태양과 함께
터지며, 힘들여 나오는,
그것을 표현하기에는 단 하나의 말, 바로 똥,
당신이 원한다면, 그 자체로 비트 또는
작약으로 변하는.

우리 또한 먹고
뚱뚱해진다, 당신은 그것에
만족하지 않고, 더 많은 것을 원하며,
내가 미래에 대해 당신에게 말해 주길
원한다. 그것은 내가 할 일,
그들 중의 하나, 그러나 나는 당신에게
당신의 행운을 밀어내지 말라고 충고한다.

미래를 알기 위해서는
죽음이 있어야만 한다.

내게 도끼를 넘기라.

미래가 엉망임을 당신이
알 수 있을 때,
이빨 드러낸 용기는 마당 가득하고
저 뱀 같은 오렌지 색깔의 눈이
목표물인 양 끈적거리는 풀밭 주변에서
올려 보다, 사랑처럼 강렬하게,
멈춰 죽는다.

지금은 겨울.
내가 겨울이라고 해서 의미하는, 하얗다, 고요하다,
고되다는 것을 당신은 기대하지 않았다.

이런 섬에서는 일어나리라
기대하지 않는,
이전에 결코 일어난 적 없는

그러나 나는 모든 욕망이
충족된 장소이다,
내가 뜻하는, 모든 욕망.

당신에게는 너무 추운가?
이것이 당신이 요구했던 것,
이 얼음, 이 크리스털

벽, 이 수수께끼. 당신이 그것을 해결한다.

가치 있는 것은 이야기. 이것은 이야기가 아니라거나, 똑같은 이야기가 아니라고 내게 말하는 것은 소용없는 일. 나는 당신이 약속한 모든 것을 이뤄 냈음을 알고 있고, 당신이 나를 사랑하며, 우리가 대낮이 될 때까지 함께 잠을 자고 음식을 먹으며 남은 시간을 함께 보내고, 그 음식이 훌륭하다는 것, 나는 부인하지 않는다. 그러나 나는 미래를 걱정한다. 이야기에서는 배가 어느 날 수평선 너머로 사라진다, 그저 사라져, 그 후 어떤 일이 일어나는지 전하지 않는다. 저기 섬에서. 내가 두려운 것은 동물들, 그들은 홍정의 부분이 아니며, 사실 당신은 그들에 대해 언급하지 않았고, 그들 자신은 인간의 모습으로 다시 변신한다. 나는 정말 불멸의 존재일까, 태양이 보호하는? 당신이 떠날 때 당신은 내게 그 말들을 되돌려 줄까? 피하지 말고, 당신이 그 모든 것을 결국 떠나지 않을 것이라 가정하지 말라. 당신은 이야기에서 떠나고 이야기는 무자비하다.

적어도 두 개의 섬이 있다,
그들은 서로 배척하지 않는다

나는 첫 번째 섬에 대해 옳다,
사건은 우리 없이
스스로 진행한다,

우리는 개방적이며, 폐쇄적이다,
우리는 기쁨을 표현하고, 늘 그러하듯
앞으로 나아가며, 조짐을
기다리고, 우리는 슬퍼하면서

그렇게 앞으로 나아간다, 다 끝난다,
나는 옳다, 다시 시작한다,
이 시절은 더 덜컥거리고 더 빠르며,

나는 보지 않고 말할 수 있다, 동물,
검게 된 나무, 도착한 것들,

몸, 말, 다 나아가고 나아간다,
나는 거슬러 기억할 수 있다.

두 번째 섬은 전혀 나타나지 않았으므로
나는 그것에 대해 알지 못한다.

이 땅은 아직 끝나지 않았고,
이 몸은 되돌릴 수 없다.

우리는 들판을 걸어 지난다, 11월이다,

풀은, 회색을 띤
노란색, 사과는

아직 나무 위에 있고,
그들은 오렌지색, 깜짝 놀라, 우리는

죽은 느릅나무 밑
잡초 덤불 안에 서 있다, 습기 머금은 눈송이가
우리 피부 위에 떨어져 녹는다

우리는 녹은 눈을 혀로 핥는다
서로의 입에서,
우리는 새를 보는데, 그들 중 넷은 사라지고,

아직 얼지 않은 시냇물이 진흙 속에 흐른다
그 곁에는 사슴의 발자국

이다/아니다

Is/Not

1

사랑은 고상하든 아니든
전문적인 일이 아니다

섹스는 통증과 구멍을 번지르르하게 메꾸는
치과 진료가 아니다

당신은 내 주치의가 아니며
당신은 나를 치료하는 사람이 아니다,

아무에게도 그런 힘이
없으니, 당신은 그저 동료/나그네일 뿐이다.

통제받고, 주의를 기울이는,
이런 의료적 관심을 그만두고,

자신에게 분노를 허용하고
내게는 내 분노를 허용하라

그것은 당신의 승인도 당신의
놀라움도 필요하지 않고

합법적이어야 할 필요도 없으며
병에 대항하는 것이 아니라

당신을 거스르는 것일 뿐,
이해받아야 하거나

씻겨야 하거나 불에 지져야 할 필요도 없는,
그 대신 말해야

말해야 하는 것.
내게 현재형을 허락하라.

2
나는 성자나 불구자가 아니며,
나는 상처가 아니다. 이제 나는 내가
비겁한 자인지 알게 될 것이다.

나는 예의범절을 버리니,
당신은 내 손목에 입 맞추지 않아도 된다.

이는 여행이지, 전쟁이 아니며,
결과는 없으니,

나는 예측을 아스피린을

포기하며, 유효 기간 지난 여권을
폐기하듯 미래를 버린다.
사진과 서명은 사라진다
휴가에서 안전하게 돌아오면서.

우리는 이곳
때 묻은 길과 오래된 건물들의 이 나라
국경선 이쪽에 묶여 있다

이곳에는 화려한
볼거리라곤 전혀 없고 날씨는 평범하며

사랑은 싸구려 기념품의
순전한 형태에서만 일어나고

이곳에서 우리는 느리게 걸어야 하며
우리는 어디에도, 어느 것에도

닿지 않으나, 계속 가면서,
우리의 길을 싸워 나간다, 우리의 길을

벗어나지 않고 관통하면서.

불 먹기

Eating Fire

1
불 먹기는

당신의 야망.
불꽃을 삼키기 위해
그것을 위 속으로 받아들여
계속 쏘라, 고함이나 눈부신
혀, 황금색으로, 자주색으로
당신에게서 폭발하는 말,
찬란한 두루마리로 펼쳐지면서

안에서부터 혈관과 혈관으로부터
빛을 발하도록

태양이 되도록

(여흥을 이끄는 사람에게서 배우다)

2
고꾸라진 트럭에서 튕겨 나오거나
차, 총알 같은 것에 맞아
길가에서 죽은 사람

머리칼 빛나는 머리에,
안에서 피에 불이 붙어,
그의 몸 위에 고요하고 짧은 푸른 가시 불꽃

그게 그럴 만한 가치가 있었을까? 그에게 물어보라.
(당신은 누군가를 구했던가?)

그는 몸을 일으켜 멀어지는데, 불이
그의 몸에서 털인 양 자란다

3

이곳 아이들에게는 어떤 관습이 있다. 그들은 악을
찬양한 다음 아픔과 기쁨으로 한때 빛났던 텅 빈 머리를
가져와 다리 너머로 내던진다, 밑에서 부딪칠 때 오렌지처럼,
깨지는 것을 지켜보며. 우리는 당신이 그 말을 할 때, 아래
서 있었다. 사람들은 그들이 끝장났을 때 스스로 저 일을
한다, 빛을 펴 올려서. 그가 이곳에 착륙했다고, 당신이
말했다, 당신의 발로 그것을 표시하면서.

당신은 저 무의미한 방식으로, 그 일을 하지 않을 것이며,
당신은 기다리지 않을 것이다, 당신은 당신 속에 여전히

있는 빛으로 솟구쳐 오를 것이다.

4
이것은 당신의 계략이거나 기적,
소진되어 자꾸자꾸,
온전히 오르려는, 심지어 신화로서도
한계가 있는, 당신이 실패에 이르러
피부를 없애는 불길에서
돌아올 때.

새로운 눈들은 금빛의
미치광이, 새 또는 사자의

눈으로 당신은
소망했던 대로, 모든 것을 본다,
각각의 것을(호수, 나무, 여자)

당신의 사랑으로 인해 변형되고, 그 자체의
생명으로 반짝이는, 파도, 눈물, 얼음 같은,
뼈까지 드러난 살점 같은.

5

태양이 되는 것, 멀리 무심한

우주 속을 움직이며, 이런 방식으로 어떻게 살아갈지
배우려 지켜보는 사람들을 향해,

일종의 빛을 주거나. 아니면 그렇지 않거나.
인간이 되기를

선택하는 것, 죽을 운명의 소멸하는
몸, 자신을

구할 수 없어, 스러질 때,
자신의 방식으로, 기도하며.

자신의 잘못된 마음과 화해하는 여자

The Woman Makes Peace with her Faulty Heart

내가 용서할 수 없었던 것은
네 어긋난 리듬이나, 독수리의
검붉은 민머리가 아니라

네가 감춘 것들이었다.
다섯 어휘와 내 잃어버린
금반지, 깨졌다고 네가 말한
푸른색의 도자기 컵, 저 잿빛의
주름 잡힌, 얼굴들, 너는 우리가
잊었다고 주장했지,
네가 삼킨 다른 마음들,
네가 내게서 감춘
모든 버려진 시간, 그런 일은
결코 일어나지 않았다면서.

저 일은 있었다, 네가
들키지 않을 수 있던 방식,
매끈한 깃털 없는 새, 너의
소란스럽고 단조로운 노래를 부르는
뚱뚱한 맹금
이방인들을 덮치려고
내 왼쪽 옷가슴 뒤의 하늘

누그러진 석양에 높이 숨은.

내가 얼마나 여러 번 네게 말했나.
문명화된 세상은 동물원이지,
정글이 아니니, 네 우리 속에 가만히 있으라고.
그 후 피의
함성, 네가 자신을
내 갈비뼈를 향해 내던질 때의 분노.

나로서는, 두 손으로 기꺼이
너의 목을 조를 것이며,
너를 꽉 조이고, 또한 네 환희의
악다구니를 짜낼 것이다.
인생은 마음 없이도 더 순조롭게 흘러간다,
저 무력한 상징 없이도,
저 날리는 사자, 까치, 육식 동물
독수리, 증오의 금속성 묘기를 부리는
전갈, 저 상스러운 마법,
저 뜨거운 물에 덴 쥐 크기와 색깔의
기관,
저 그을린 불사조 없이도.

그러나 네가 나를 이처럼 멀리,
낡은 펌프까지 밀쳤고, 우리는 음모꾼처럼
함께 낚였으니, 이것이
우리의 현재, 그저 믿을 수 없는.
우리는 알고 있다, 사고가 없다면,
우리 중 하나가 결국
배반할 것임을. 그런 일이 일어날 때,
항아리는 내가, 병은 네가.
그때까지, 불편한 휴전이고,
범죄자들끼리의 의리.

습지, 매

Marsh, Hawk

병들거나 원치 않은
나무, 조각조각 잘려, 이곳에
버려졌다, 햇살 아래 습기 머금고 부드럽게, 썩으면서
모래에 반쯤 덮여. 버려진
터진 트럭 바퀴들, 바위나 총알에 맞은
병과 깡통들, 누군가 만든
커다란 무덤이 마치 상처인 양
땅 위에 펼쳐져 있어 우리는 그 위에 서 있다,
늪지대 너머 내다보는, 좋은 위치.

초록 갈대들의
확장, 물웅덩이,
눈이 닿을 수 없는 모습들,
바람이 불며, 그것을 움직여
우리를 유혹한다, 완전히
대낮. 우리가 볼 수 없는
그곳에서 들리는, 알 수 없는
후두음의 습지대 소리, 인간의 것이 아니다,
한 음절을
내뱉는데, 지루하고
신탁처럼 의미심장하나 곧장 사라진다.

그것은 응답하지 않을 것이며, 응답하지
않을 것이다, 물론 우리가 바위로
그것을 친다 해도, 풍덩 소리가 나고, 바람이
그것을 뒤덮는다. 그러나 끼어드는 것은
우리가 바라는 것이 아니다,
우리는 그것을 열고자 한다. 습지대는
옆으로 굽이쳐 휘돌아 가고, 물이
우리를 받아들이니, 그것은 다만
계시, 지금 태양을 향해
우리 눈 속으로
솟구쳐 오르는 매처럼
간결한, 날개를 펼쳐 머리/하늘을
채우는 날카로운 소리, 이렇게

스며들며, 우리를 관통하여
미끄러지게 하니, 표피의
소멸, 이것이 우리가 바라는 것,
안으로 들어가는 길.

밤의 시

Night Poem

두려운 것 전혀 없다,
그것은 그저 동쪽으로
방향을 바꾸는 바람, 그것은 다만
너의 아버지　　천둥
너의 어머니　　비

이 물의 고장에서
베이지색 달은 버섯처럼 물기를 머금고,
물에 잠긴 둥치와 헤엄치는
길쭉한 새들, 그곳에서 이끼는
나무 곳곳에서 자라고
네 그림자는 너의 그림자가 아니라,
너의 투영물,

네 진짜 부모는 커튼이
네 문에 드리울 때 사라진다.
우리는 호수 아래에서 온
다른 사람들,
어둠의 머리로
침대 옆에 말없이 서 있다.
우리는 붉은 양모로,
우리의 눈물과 먼 속삭임으로

너를 감싸러 왔다.

너는 비의 팔 속에서 흔든다
네 으스스한 잠의 방주를,
우리가 차가운 손과
꺼진 손전등을 지니고
네 밤의 아버지와 어머니를 기다릴 때
우리는 촛불 하나로 사라지는
흔들리는 그림자일 따름임을 안다,
네가 20년 후에 들을
이 메아리 속에서.

진짜 이야기

True Stories

1

진짜 이야기를 청하지 마라.

왜 그게 필요한가?

그것은 내가 펼치는 것이거나

내가 지니고 다니는 것이 아니다.

내가 항해하며 지니는 것,

칼, 푸른 불,

행운, 여전히 통하는

몇 마디의 선한 말, 그리고 물결.

2

진짜 이야기는 해변으로

내려가는 도중에 잃어버렸다, 그것은 내가 결코

가진 적 없는 어떤 것. 이동하는 빛

속에서 검은 나뭇가지들이 엉킨 것,

소금물로

채워진 흐릿한

내 발자국, 한 움큼의
조그마한 뼈들, 이 부엉이의 죽음.

달, 구겨진 종이, 동전,
옛 소풍의 반짝임,

연인들이 모래 속에
백 년

전 만든 구멍들, 단서는 없다.

3
진짜 이야기는 다른
이야기들 속에 있다.

어지러운 색깔들, 폐기되거나 버려진
옷더미 같은,

대리석 위의 마음 같은, 음절 같은,
도살업자가 버린 것과 같은.

진짜 이야기는 악랄하고
다층적이며 결국

진실하지 않다. 왜 너는
그것이 필요한가? 진짜 이야기를

한 번이라도 청하지 마라.

엽서

Postcard

나 당신을 생각한다. 어떤 다른 말을 할 수 있을까?
뒤쪽의 야자나무들은
망상. 분홍 모래도 그렇다.
우리에게 있는 것은 흔한
깨진 콜라병과
막힌 하수구의 냄새, 너무나 향긋한.
우리에게도 있는,
막 썩기 직전의 망고처럼
청명하고 물기 스며 나오는 공기, 모기와
모기의 길. 알 수 없는 푸른, 새들.

이곳에서 시간은 파도로 다가온다, 병, 하루하루
계속 굴러오는 나날들.
나는 소위 깨어나서,
올라간 다음, 불안한 밤 속으로 내려가지만 결코
앞으로 나아가지
않는다. 새벽이 오기 전 수탉들이
여러 시간 동안 울고, 아이들은 다그쳐져
소리 지르고, 학교로 가는
울퉁불퉁한 길에서 왁자지껄하다.
짐 실은 화물칸에
강제로 머리 깎인

두 명의 죄수와 불안한 병아리들을 담은
상자 열 개. 봄마다
불구자들의 행렬, 가게에서
교회까지. 이것은 내가 지니고 다니는
일종의 폐기물. 그리고 지역 신문에 실린
민주주의에 대해 모아 둔 것.

창문 밖으로
사람들이 하나하나 못을 박으며
빌어먹을 호텔을 짓고 있다, 누군가의
부서지는 꿈. 당신을 포함하는 우주는
완전히 나쁠 수는 없으나,
과연 그러할까? 이만큼 멀리에서 보면
당신은 신기루, 내가 당신을
보았던 마지막 자세 안에 고정된
빛나는 이미지다. 당신을 곰곰 생각해 보라,
주소에 맞는 장소가 있다. 당신이
이곳에 있다면, 사랑은
대양처럼 물결로 와서, 지속되는
병, 채우고 두드리는
머리 안의 텅 빈 동굴, 발에 차인 귀.

대화

A Conversation

남자는 남쪽 해변을 걷고 있다
선글라스와 가벼운 셔츠를 걸치고
두 명의 아름다운 여성과 함께.
그는 발톱을 빼내고
뇌나 생식기에
전기를 보내는 기계들을
만든 사람이다.
그는 실제 써 보거나 하지 않고,
그저 팔 뿐이다. 그가 말한다,
사랑하는 나의 여인이여, 당신은 저 사람들을
알지 못합니다. 그들은 그것 외에는
아는 것이 아무것도 없습니다.
내가 무엇을 할 수 있었겠습니까?
그녀가 말했다, 그가 왜 저 무리에 있었을까?

당신 자신의 몸 안에서 날기

Flying Inside Your Own Body

당신의 폐가 가득 차고 스스로 펼쳐진다,
분홍 피의 날개, 그리고 당신의 뼈들은
스스로 비워 텅 빈 것이 된다.
당신이 숨을 들이쉴 때 당신은 풍선처럼 떠오르고,
당신의 가슴은 가벼워지고도 커진다,
순수한 기쁨, 순수한 헬륨으로 두근대면서.
햇살의 하얀 바람이 당신을 관통하며 불고,
당신 위에는 아무것도 없으니,
당신은 대지를 둥근 보석처럼,
사랑으로 반짝이는 푸른 바다로 본다.
당신이 이럴 수 있는 것은 꿈에서만이다.
깨어났을 때, 당신의 마음은 겁먹은 주먹이 되고,
미세 먼지가 당신이 들이쉬는 공기를 막는다.
태양은 당신 머리의 두꺼운 분홍 테두리에
뜨거운 납의 무게로 곧장 내리누른다.
그것은 늘 총이 발사되기 직전의 순간이다.
당신은 거듭 일어나려 애쓰지만 그러지 못한다.

고문

Torture

이 대화가 멈출 때
무엇이 일어나는가?
대화는 자유의지와
정치와 열정의 필요성에 대해서인데.

바로 이런 것. 나는 그들이 죽이지 않은
여성에 대해 생각한다.
그들은 대신 그녀 얼굴을
바늘로 꿰매 그녀의 입을
지푸라기 크기의 구멍 정도로 막고,
그녀를 거리로 되돌려 보내
침묵의 상징으로 삼았다.

이런 일이 어디에서
일어났는지 아니 왜 일어났는지
아니 이 편에서 아니면 다른 편에서 일어난 것인지는
중요하지 않다.
그런 일은 편이 있는 한
곧 일어난다

나는 알지 못한다, 이런 여자 때문에 또는
이런 여자가 있음에도

불구하고 기분 좋은 인생을 사는
선한 사람들이 존재하는지 어떤지를.
그런데 권력은
이처럼 추상적인 것이 아니며, 정치와 자유의지에는
관심이 없고, 구호 너머에 존재한다

열정에 대해 말하자면, 이것은 교묘한 부정,
당신의 몸에서 연인들을
종기인 양
도려내어,
당신의 젖가슴도,
이름도 없애고,
납작하게 되어, 피 한 방울 없게 하며, 심지어 당신의
목소리를
너무 큰 고통으로 지져 버리는 칼,

껍질 벗겨지고 끈에서
풀려 벽에
걸린 몸, 깃발이 존재하는 것과
같은 이유로 전시된
고통에 찬 현수막.

여성 문제

A Woman's Issue

차 거름망처럼 그 안에
구멍 숭숭 나고 스파이크 박힌 것을 허리에 빙 두르고
다리 사이에 자물쇠처럼 채운 여자는
전시물 A다.

검은 옷차림에 내다볼 수 있게
그물망 창을 끼고 강간당하지 않도록
다리 사이에 10센티미터의
나무 말뚝을 쑤셔 넣은 여자는
전시물 B다.

전시물 C는 젊은 여자,
덤불 속으로 산파들에 끌려 와,
가랑이 사이가 긁히면서도 노래를 불러야 하고,
딱지가 져서 다 나았다 할 때까지
허벅지가 묶인.
지금 그녀는 결혼할 수 있다.
아기를 낳을 때마다 그들은 그녀를
째고, 꿰맬 것이다.
남자들은 꽉 조인 여자를 좋아한다.
죽은 여자들은 정성껏 묻힌다.

다음 전시물은 바닥에 납작 누워 있다.
여든 명의 남자들이 밤에 한 시간에 열 명씩
그녀를 관통하며 움직이는 동안.
그녀는 천장을 바라보며, 문이
열리고 닫히는 소리를 듣는다.
종소리가 계속 울린다.
그녀가 어떻게 이곳에 있게 되었는지 아무도 모른다.

당신은 눈치채게 될 것이다. 그들의 공통점은
다리 사이에 있다는 것을. 이게
전쟁을 치르는 이유일까?
적진, 누구의 땅도 아닌
곳, 살그머니 들어가,
울타리를 치고, 결코 확실치 않은 소유,
한밤 이 절망적인 급습의
장소, 포로와
끈적거리는 살해, 피로 번들거리는
의사들의 고무장갑, 무력하게 된 몸, 당신의
불안한 권력이 용솟음치는 곳.

이곳은 박물관이 아니다.
누가 사랑이라는 말을 지어냈는가?

잠이라는 말의 변주곡

Variation on the Word *Sleep*

나는 당신이 잠자는 것을 지켜보고 싶어,
그런 일은 일어나지 않겠지만.
나는 당신을 지켜보고 싶어,
잠자면서. 나는 당신과 함께
잠들고 싶고, 그 부드럽고 검은
물결이 내 머리 위로 미끄러질 때
당신의 잠 속으로 들어가고 싶어.

그래서 당신과 함께 청록색 이파리들의
숲이 반짝이며 물결치는 곳을 지나
일렁이는 햇살과 세 개의 달과 함께
당신이 내려서야만 하는 동굴,
당신의 최악의 두려움을 향해 가고 싶어.

나는 은빛 나뭇가지를, 조그마한 하얀 꽃을,
당신의 꿈 한가운데 슬픔으로부터,
한가운데 슬픔으로부터 당신을 보호할
바로 그 한마디를
당신에게 건네고 싶어. 나는 긴 계단으로
당신 따라 올라가
두 손으로 뜬 불꽃, 배가 되어,
당신을 태우고

조심스레 노를 저어,
당신 몸이 내 곁에
눕는 곳으로
거슬러 가고 싶어, 그리하여 당신은
숨을 들이쉬듯 쉬이
그 속으로 들어가고

나는 당신이 잠깐만이라도
거주하는 공기가 되고 싶어.
나는 저 눈에 띄지 않는 것
그리고 저 필수적인 것이 되고 싶어.

버섯

Mushrooms

1

이 습한 계절,
호수의 안개와 오후면
멀리 천둥 치는

그들은 밤 동안
대지를 뚫고 내뿜으며 올라온다,
마치 거품처럼, 물 가득 찬
작고 빛나는
빨간 풍선처럼.
연달아 이어지는 소리, 부드러이 안팎을
뒤집은 고무장갑의 엄지들.

아침이면, 별을 새긴 잎 모양이
생긴다, 꼭지와,
차갑고 하얀 아가미,
가죽 같은 자주색 머리를 달고,
호박색으로 흐릿해진, 주먹 크기의 태양
창백하고 노란, 독성의 달들.

2

그들은 어디에서 올까?

머리 위로 천둥이
칠 때마다 땅에서는
또 다른 폭풍우가 나란히 온다.
벼락 친다 그들이 만나는 곳에서.

발아래 잔뿌리 구름
떨어진 머리카락 또는 흙 속에서부터
느리게 날려 온 헐거운 실뭉치.
이들은 그들의 꽃, 어둠을 뚫고
하늘까지 닿은 이들의 손가락,
포자로 튀어나와 대기에 분칠하는
이 눈 깜박임.

3
그들은 어둠 속에서 먹이를 먹는다,
물로 돌아가는 반 잎 위에서,
천천히 부서지는,
고목 위에서. 그들은 가끔
어둠 속에서 빛난다. 그들은
썩은 고기나 정향이나
요리용 살코기나 상처 입은

입술이나 이제 막 내린 눈을 맛본다.

4

내가 그들을 찾는 것은
먹기 위해서만은 아니고
채취하기 위해서이며 그들이
죽음의 냄새를 풍기고 몸 안으로
들어온 대지 속으로 향하는 몸,
신생아의 밀랍 같은 피부 냄새를 풍기기 때문이다.

여기 내가 당신에게
한 줌의 어둠을 되가져 왔다.
이 소멸, 이 희망, 한 입 가득한
더러움, 이 시.

뱀 여자

Snake Woman

나는 한때 뱀 여자였다,

그들을 두려워하지 않은, 유일한 사람으로
보였다, 그 전 지역에서.

나는 막대기 두 개를 들고
박주가리들 사이에서 현관과 통나무 아래에서
사냥하곤 했다, 수은처럼
내 손가락 사이로 내달리거나
내 손목을 휘감고 원석의 팔찌로 변하는
이 차가운 초록 금속의 혈관을.

나는 그 향기, 시큼하고 성적인
매스꺼운 냄새,
얼마간은 스컹크의, 얼마간은 파열한
위장 내부의 냄새, 그들 두려움의 냄새로
그들 뒤를 쫓을 수 있었다.

일단 잡으면, 축 처지고 공포에 질린,
남자들조차 두려워하는, 그것들을
식당으로 날랐다,
얼마나 재미있었는지!

저걸 내 침대 안에 넣기만 해 봐 그러면 내가 너를 죽일 거야.

지금, 나는 모르겠다.
지금 나는 뱀을 깊이 생각하고 싶다.

뱀 먹기

Eating Snake

나 역시 신을 내 입안으로 받아들여,
씹어 삼켰고 뼈가 목에 걸리지 않도록 애쓴 적이 있다.
그것은 방울뱀이었고, 프라이팬에 볶아,
약간 기름지기는 했지만 맛이 좋았다.

(남근 상징은 잊어라.
두 가지 차이점.
뱀은 닭고기 맛,
누가 대체 음경을 지혜롭다고 인정했는가?)

모든 사람이 얼마 후
그들 신을 먹는
지점까지 휘몰린다. 그것은 외우주에 대한
한 접시 가득한 오랜 탐욕, 어둠에 대한 저 갈망,
당신의 이가 신성을, 몸을 만날 때,
당신이 그것을 삼키고
그 자체의 차가운 눈으로 보며,
살해를 통해 내다볼 수 있을 때
그게 당신에게 행하는 것을 느끼려는 열망.

이는 점심에 불과한 것을 갖고 호들갑을 떠는 것이다.
양파로 하는 형이상학.

뱀은 입속에 꼬리가 있는 채로 제공되지는 않았다,
그랬으면 적절했겠으나.
대신 요리사는 껍질을 벽에 못 박았는데,
꼬리는 완벽했고, 머리는 높이 걸렸다.
결국 그것은 뱀에 불과했다.

(그럼에도, 권위자들은 인정받았다.
하나님은 둥글다.)

헤라클레이토스 이후

After Heraclitus

선생님이 말씀하시길,
뱀은 하나님의 또 다른 이름.
모든 자연은 불
우리가 안에서 태워
새롭게 되고, 껍질 하나
떨구어 또 하나 떨군다.

몸과 이야기를 나누는 것은
뱀이 하는 일, 풀밭 위에
문자와 문자를 연달아 만들고,
그 자체 혀가 되어, 땅의 상형문자를 둥글게 말고,
현관 위에서 환히 빛날 때
햇살은 찬양하고,
초록빛은 너의 집을 축복한다.

이것은 네가 병에 대해
응답을 구할 때
기도할 수 있는 목소리.
그것에 우유 한 사발을 남겨 주고,
마시는지 지켜보라

너는 기도하지 않지만, 삽을 구하러,

칼날 위의 오래된 피를 구하러 간다

그러나 그것을 들어 올려 보라 그러면 네가
두려워하는, 살과 호박으로 변한
어둠을, 네 손목 안으로 휘감아 들어오는
차가운 힘을 들어 올리게 될 것이며,
그래서 그것은 항상 있던 곳
네 손 안에 있게 될 것이다.

이것은 스스로 이름을 부여하는
이름 없는 것,
여럿 중의 하나

그래서 네 이름이기도 한.

너는 이를 알고 있고 그래서 가만히 그것을 죽인다.

오르페우스 1

Orpheus (1)

당신은 나를 뒤로 제치고
내 앞에서 걸었지요,
언젠가 송곳니로 자라
나를 죽인 초록 빛을 향해.

나는 복종했으나,
잠들어 버린 무기처럼,
멍했어요. 시간으로
되돌아오는 것은 내 선택이 아니었어요.

그때까지 나는 침묵에 익숙했고,
우리 사이에 속삭임 같은, 밧줄 같은
무엇인가 펼쳐져 있었어요.
단단하게 당겨진,
이전의 내 이름.
당신에겐 당신이 사랑이라고 할지도 모를,
오래된 가죽끈,
그리고 실제 목소리가 있었지요.

당신은 늘 눈앞에 들고 있었어요
내가 되기를 당신이 내게 바라는 것의
이미지, 다시 살아가는 것을.

바로 당신의 이런 희망으로 인해 나는 계속 따르게 되었어요.

나는 귀 기울이는, 꽃 같은
당신의 환각, 그래서 당신은 나를 노래했어요.
이미 새 피부가 내 다른 몸의 빛을 발하는
희부연 수의 안 내 위에서
돋아나고 있었지요.
이미 내 손은 더러웠고 나는 목이 말랐어요.

나는 당신 머리와 어깨의
윤곽만을 볼 수 있었어요,
동굴 같은 입에 대비되는 검은색의,
그래서 당신 얼굴을 전혀
볼 수 없었어요, 그때 당신은 이미

나를 볼 수 없어서 몸을 돌려
나를 불렀지요. 마지막으로
내가 본 당신의 모습은 어두운 타원형이었어요.
이렇게 실패한 것이 당신에게 어떻게
상처를 줄지 나는 알기는 했지만, 나는 잿빛 나방처럼
그만 놔줘야만 했어요.

내가 당신의 메아리 이상이었음을 당신은 믿을 수 없을 거예요.

에우리디케

Eurydice

그는 여기 있다, 당신을 찾아 내려왔으니.
당신을 되부르는 것은 노래,
기쁨의 노래이자 마찬가지로
고통의 노래. 약속.
저곳에서는 형편이 이전과
달라질 것이라는.

당신은 오히려 아무런 느낌도 없이 가고 싶어 했다,
공허와 침묵. 바다 심연의
정체된 평화, 수면의 소음과
실제보다 더 편안한.

당신은 이 허옇게 흐릿한 골목들에 익숙하고,
아무 말 없이 당신을 스쳐 지나는
왕에 익숙하다.

다른 왕은 달라서
당신은 거의 그를 기억한다.
그는 당신을 사랑해서
당신에게 노래한다고 말한다,

지금의 당신, 너무나 냉랭하고

조그마한 모습 그대로가 아니라. 움직이면서
동시에 가만히 있는, 마치 아무도 앉지 않는
의자 옆 반쯤 열린 창문으로 불어오는
바람에 날리는 하얀 커튼 같은.

그는 원한다 당신이 그가 진짜라고 일컫는 것이 되기를.
그는 원한다 당신이 그만 가볍기를.
그는 원한다 그 자신 나무 둥치처럼 아니면 엉덩이처럼
점점 더 두툼해지기를
그래서 눈을 감았을 때 눈두덩에서 피를,
작열하는 태양을 보기를.

이런 그의 사랑은 당신이 그곳에 없으면
그가 할 수 있는 것이 아니지만,
당신이 잔디밭에서 차갑고 하얗게 되어
당신 몸을 떠났을 때 갑자기 알게 된 것은

어디에서든 당신은 그를 사랑한다는 것,
어떤 추억도 없는 이곳에서일지라도,
심지어 이 배고픈 곳에서일지라도.
당신은 사랑을 손에 쥐고 있다, 갖고 있음을
잊어버린 붉은 씨앗을.

그는 너무 멀리 왔다.
그는 보지 않고서는 믿을 수 없고,
이곳은 어둡다.
돌아가, 당신은 속삭이지만,

그는 당신이 다시 자신을
살려 주기를 원한다. 아 한 움큼의 거즈, 약간의
붕대, 한 줌의 차가운 공기, 당신이 자유를
얻는 것은 그를 통해서가 아니다.

페르세포네의 편지

Letter from Persephone

이 편지는 술 달린 검은 숄이나 꽃무늬 실내복을
걸치고, 분홍색 슬리퍼를 신고,
예전에 피아노를 쳤던 손에
빨간색 매니큐어를 했거나 관절이 퍼진
40년대의 왼손잡이 어머니들에게 쓴 것.

나는 알고 있다, 당신들의 식물들은
항상 죽는다는 것을, 묶여 내려지고
그 사이를 벌린
당신들의 허벅다리를, 그리고 나중에
섹스로 통했으나 전혀 언급되지 않는
병원 시트 아래서의
사지 절단된 자와 같은 고통을,
당신들의 불구 어머니, 당신들의 권태,
당신들의 분노 머금은 마룻바닥의 광택에 대해.
나는 아들을 원했던
당신들의 아버지에 대해 알고 있다.

이들은 당신들이 당신들 몸으로
세상에 알린 아들들,
말하리라고 기대받을 수 있었던
유일의 단어,

이 실물의 말더듬이들.

이것은 놀랍지도 않게 거의
말이 없고, 만지면 움찔하며,
동굴을 무서워하며
이것은 어떻든 한번은 기차에 몸을 던져
자신의 심장 박동을 느낄 수 있었다. 그리고 이것은
자신이 생각하기로는 아기를
부드럽게 만졌는데, 유산되었다.
그래서 이것은 마치 뱉어내는 듯이
묶여 누인 여자들의 몸 안으로 들어간다.

나는 알고 있다 당신들이 밤마다 운다는 것을,
그들이 그러함을, 그리고 그들은 당신들을 찾고 있다.

그들은 이곳에서 씻고, 나는
이런저런 조각을 본다. 그것은 피의
조각 맞추기.

당신들 잘못도 아니지만,
내가 고쳐 줄 수는 없다.

오르페우스 2

Orpheus (2)

그가 계속 노래할지
말지, 이 세상 공포에 대해
그가 알고 있는 바를 아는데.

그가 늘 언덕을 헤매고
있는 것은 아니다. 그는 그곳으로 내려와 있었다,
입 없는 사람들 사이에, 손가락 없는
사람들 사이에, 그 이름이
금지된 사람들, 두려워
아무도 가지 않는 해변의
회색 돌멩이들 사이에서
씻기고
썩은 사람들 사이에. 침묵하는 저들.
그는 다시 나타난
사랑을 노래하려고 애썼으나
그는 하지 못했다.

그러나 그는 계속
노래할 것이다, 눈 없는 얼굴을
들고 그에게 귀를 기울이는
이미 죽은 사람들로
꽉 찬 경기장에서. 그동안 붉은 꽃이

자라 벽에 후두두
떨어진다.

그들은 그의 양손을 잘랐고
격렬하게 거부하는 중에도
단숨에 그의 몸에서
머리를 잘라 낼 것이다.
그는 이를 예견한다. 그러나 그는 계속
노래할 것이다, 그것도 찬양으로.
노래하는 것은 찬양이거나
저항이다. 찬양은 저항이다.

슬픈 아이

A Sad Child

너는 슬프기 때문에 슬프다.
그것은 심리적인 거다. 그것은 나이 탓이다. 그것은
화학적이다.
가서 정신과 의사를 만나든가 약을 먹어라,
아니면 눈 없는 인형인 양 네 슬픔을 껴안아라.
너는 잠을 자야 한다.

자, 모든 아이는 슬프지만,
몇몇은 그것을 극복한다.
너의 복을 헤아려 보라. 그보다 더 나은 것은
모자를 사는 것이다. 외투나 애완동물을 사라.
잊으려 춤을 추라.

무엇을 잊으려?
너의 슬픔, 너의 그림자,
네게 일어난 일이 어떤 것이든
정원 파티가 있던 날
네가 태양에 얼굴 붉어져 안으로 뛰어들어 왔던 때
입에 설탕을 묻힌 샐쭉한 표정으로,
리본 달린 새 옷을 차려 입고
아이스크림 묻은 채,
화장실로 들어가며

나는 사랑받는 아이가 아니야라고
혼자 말을 하던 때.

얘야, 그 일이
바로 일어나고
햇살이 사라져 안개가 스멀스멀 끼고
너는 담요나 불타는 차 아래
네 뒤집힌 몸에 갇혔을 때,

빨간 불꽃이 네게서 스며 나와,
네 머리 옆 도로 포장재에 아니면 마룻바닥에,
아니면 베개에 불이 붙을 때
우리 중 누구도 슬프지 않다.
그렇지 않으면 우리 모두 슬플 테니.

줄라이 양이 늙어 가네

Miss July Grows Older

나 지긋지긋하게 귀여운데
얼마나 더 오래 버틸 수 있을까?
그리 오래는 아니야.
리본 달린 구두, '여기 박아 봐' 등의
문구를 가랑이 쪽에 새긴 교묘한
속옷 등등 모두 캣슈트랑 같이
사라져야 하겠지.
그런 얼마 후 너는
네가 정말 어떤 모습인지 잊어버리지.
네 입이 예전의 크기 그대로라고 생각하지.
아무 관심도 없는 척하지.

나 젊었을 적엔 머리칼로 한쪽 눈을
가리고 다녔어, 나 자신이 대담하다고 여기면서.
날씬한 펜슬 스커트에
부드러운 벨트를 하고 극장으로 나다니면서,
껌을 씹고, 내가 전혀 모르고
알고 싶지도 않은 남자들의 담배에
감사의 형태인 립스틱 자국, 힘없는 한숨을
남기기도 했지. 남자들은 하나의 기술,
너는 그들을 잘 다루어야 하고
그들의 콧속으로 마치 말들에게 하듯

숨을 불어넣어야 해. 그게 내가 잘한 일이었어,
비록 지금은 하지 않지만, 플루트를 연주하듯.

잿빛 줄기들의 숲속에 옅은 푸른색 웅덩이 물이
고여 있어, 갈색 이파리들로 숨 막힌 웅덩이.
그 속으로 팔 한 짝, 어깨 한 짝을 볼 수 있는데,
그런 때 햇살은 꼭 있지, 구름 드리운 하늘과.
기차는 곡물 저장탑을 지나 언덕을, 성긴 털과 같은
들판 위 겨울 밀밭을 넘어가지.

나는 여전히 편지를 받아, 물론 그리 많지는 않지만.
어떤 남자는 내게 편지로, 좋지 않은 섹스에 관한 실제
경험담을
요구하기도 해. 그는 선집을 꾸미는 중.
그는 대개 엉덩이와 데이지꽃 사진으로 된 옛 달력에서
내 이름을 얻었어,
그 시절을 되돌아볼 때 내 피부는 막 바른 마가린의
황금색 매끄러움을 아직 간직하고 있었어.
그가 말하지, 강간 말고 실망스러운,
기대가 무너진 것 같은 섹스 말이야.
내가 답하지. 존경하는 선생님,
나는 한번도 그런 것을 한 적이 없어요.

말하자면 좋지 않았던 성관계 말이에요.
섹스는 결코 아니었고 다른 것이었어요,
꽃이 없는 것, 죽음의 위협,
아침을 먹는 습관.
나는 과거 시제를 사용하고 있음을 알고 있어.

마치 타오르는 달걀 껍질처럼 너를 에워쌌던
화학 약품들의 증기 구름, 향냄새는
결코 사라지지 않아. 그것은 오히려 점점 더 커지면서
더 많이 끌어모아. 너는 줄어든 옷 같은 성관계로부터
벗어나 성장해
상식 속으로, 귀 기울이는 것이 무엇이든
네가 공유하는 것들 속으로. 태양이 시간을 관통하며
움직이는 방식은 중요해,
창문 위의
지저분한 빗방울, 길가 잡초들에 핀
꽃송이, 진흙탕 물로 채우는
벌거숭이 도랑물 위에 쏟아진
번들거리는 기름.

나를 오해하지 마. 전등을 다 끄고
나는 누구든 여전히 받아들일 터,

나눠 줄 에너지를 갖고 있다면.
그러나 잠시 후면 이 몸의 화음은 지겨워져,
마치 바흐를 자꾸자꾸 듣는 것처럼.
이를테면 한 종류의 영광이 너무 많은 것.

내가 온통 몸이었을 때 나는 게을렀어.
나는 편한 인생이었고, 고마운 줄 몰랐어.
지금 더 많은 내가 있어.
내 닭 다리 같은 팔꿈치로 나를 혼동하지 마.
네가 얻는 것은 이제 더 이상
네가 보는 것은 아닐 터.

마네의 올랭피아

Manet's Olympia

그 여자는, 다소, 몸을 기대고 있다.
저 자세를 취해 보라, 그건 정말이지 권태가 아니다.
그녀의 오른팔은 날카로운 각도.
왼쪽 팔로는 자신의 복병을 감추고 있다.
스타킹 없이 구두,
어찌나 불길한지. 그녀 귀 뒤의
꽃은 당연히
진짜가 아닌,
소파의 주름 조각.
창문은 (있다면) 닫혀 있다.
이건 실내의 죄.
(옷 입은) 하녀의 머리 위로
보이지 않는 말풍선, 창녀.

하지만. 그 몸을 생각해 보라,
약하지 않고, 도도하며, 흐릿한 젖꼭지가
명중하듯 당신을 똑바로 바라보고 있는.
또한 까만 리본이 목 주위에 감겨 있는 것을
생각해 보라. 그 아래엔 뭐가 있을까?
붉은 가느다란 실 같은 선, 그곳에 머리가
잘려 다시 풀로 붙여져 있다.
몸은 매물로 나와 있다,

하지만 목은 그게 가는 한까지이다.

이건 한 입 거리가 아니다.

그녀에게 옷을 입혀라, 그러면 당신은 교사를 만나게 될 것이니.

손에 날카로운 채찍을 든 그런 부류의.

이 방에 다른 사람이 있다.

당신, 관음증 아저씨.

당신의 대상과 같은 것들을

그 여자는 이전에 익히 본 바 있다, 더 훌륭한 것들을.

나, 머리는 이 그림의

유일한 주제.

당신, 댁은, 가구,

꺼져.

트로이의 헬렌이 카운터에서 춤춘다

Helen of Troy Does Counter Dancing

세상은 너 자신을 부끄러워해야 한다고
기회만 되면 내게 말하는
여자들로 가득하다. 춤추는 일 그만해.
좀 자존심을 갖고
낮일을 하라고.
맞아. 그리고 최소 임금.
튀어나온 다리 정맥, 한자리에
여덟 시간을 그저 서서
유리 카운터 뒤에서
고기 샌드위치처럼 적나라하지 않게
목까지 옷을 껴입고.
내가 파는 것 말고
장갑이나 그 비슷한 것을 팔면서.
아주 모호한
실제 형태가 없는 것을 팔 수 있어야 해.
사람들은 말하지, 이용당했어라고. 그래, 어쨌든
당신은 거기서 끝났지, 하지만 나는
어떻게 할지 선택했고, 그래서 돈을 택할 거야.

나는 가치를 부여해.
목사처럼, 향수 광고처럼
비전을, 욕망이나

그 복제품을 팔지. 농담이나
전쟁처럼, 전부 타이밍이야.
나는 남자들에게 그들 최악의 의심을 되팔기도 해.
모든 것이 팔리는 것이고,
낱개로도 돼. 남자들은 나를 응시하다가
전기톱 살인 바로 직전에야 그것을 알게 되지.
허벅지, 엉덩이, 잉크 반점, 틈, 젖, 젖꼭지가
여전히 붙어 있을 때 말이야.
그런 증오가 그들 안에서 솟구치지.
맥주에 취한 나의 숭배자들! 저 증오, 아니
제정신 아닌 기약 없는 사랑. 줄줄이 머리들과
뒤집힌 눈들, 애원하면서도
내 발목을 잡아챌 태세를 갖춘 것을 보고,
나는 홍수와 지진을, 그리고 개미를
밟으려는 욕망을 이해하지. 나는 박자를 지키며,
그들을 위해 춤을 추지, 그들이
할 수 없으니까. 음악은 여우 냄새를 풍기고,
코를 후끈 자극하는 달궈진 금속처럼
파사삭거리거나
8월처럼 습하고, 하루 전 습격받은 도시처럼
혼란스럽고 나른한데,
그때 모든 강간, 살해는

이미 저질러지고,
살아남은 사람들은 돌아다니며
쓰레기를 뒤지며
먹을 것을 찾는데, 그저 암울한 기진맥진뿐.

나를 가장 힘들게 하는 것이
어느 것인지에 대해 말하자면, 미소 짓는 것.
이것, 그리고 내가 그들의 말을
듣지 못하는 척하는 것.
나는 그럴 수 없어, 결국
그들에게는 이방인이니까.
이곳에서 말은 온통 무사마귀 같은 후두음,
햄 조각처럼 분명하지만,
나는 신들의 나라 출신
그곳에선 의미가 경쾌하고 완곡해.
나는 아무한테나 털어놓지는 않지만,
가까이 기대 봐. 그러면 속삭여 줄게,
내 어머니는 성스러운 백조에 겁탈당했다고.
그걸 믿니? 너는 나를 저녁 식사에 데리고 갈 수 있어.
그게 우리가 모든 남편에게 하는 말이야.
분명 위험한 새들이 주변에 많아.

이곳에서 너 말고 누구도
이해할 수 없을 거야.
저 나머지들은 나를 구경하며
아무것도 느끼지 않으려 하니까. 나를 시계 공장이나
도살장의 부속물처럼 낮춰 봐.
불가사의를 뭉개 버리고.
나를 내 몸 안에
산 채로 가두고 있어.
그들은 나를 꿰뚫어 보고 싶지만,
절대적인 투명함보다
더 불투명한 것은 아무것도 없어.
봐 — 내 발은 대리석을 디디고 있지 않아!
호흡이나 풍선처럼, 나는 떠올라,
활활 타는 빛의 백조 알로
공중 6인치 위에 떠 있어.
내가 여신이 아니라고 생각하나?
나를 시험해 봐.
이것은 횃불의 노래야.
나를 만져 봐 그러면 너는 불에 탈 거야.

방문

A Visit

당신이 물 위를 걸을 수 있던
시절은 다 사라졌다.
당신이 걸을 수 있던 시절.

그 시절은 지나갔다.
오직 하루가 남았다,
당신이 있는 하루.

추억은 친구가 아니다.
그것은 그저 당신이
더 이상 지닐 수 없는 것을 말해 줄 뿐이다.

쓸 수 있는 왼쪽 손,
걸을 수 있는 두 발.
모두 뇌의 도구들.

안녕, 안녕.
여전히 작동하고, 잡고,
놓아주지 않을 한 손.

저것은 기차가 아니다.
크리켓 경기도 없다.

허둥대지 말자.

도끼에 대해 말해 보자,
어쩌면 좋은 물건,
숲의 여러 이름.

이것이 집을, 배를, 텐트를
만드는 방식.
소용없다. 도구 상자는

그 동사를 드러내기 거부한다.
줄, 비행기, 송곳
시무룩한 금속으로 바뀐다.

당신은 뭔가 알아보겠어? 내가 물었다.
친숙한 뭔가를?
당신 대답은, 그럼. 침대야.

바닥을 가로질러 흐르고
햇살로 이뤄진, 시냇물과
그림자 지는 숲을

지켜보는 것이 더 좋다.
지금은 바닷가
벽난로를 지켜보는 것이 더 좋다.

권태

Bored

저 시절 내내 나는
정신 나가게 지겨웠다. 그가 톱질하는 동안
통나무를 들고 있었을 때.
그가 물건들 사이의 거리를 자로 재거나,
당시 내가 (지겨워하며) 잡초를 뽑았던,
줄줄이 상추와 비트를 심으려
땅속에 말뚝을 박거나 하는 동안 줄을, 판자를
들고 있었을 때. 아니면 차 뒷좌석에
앉아 있었을 때, 또는 배 안에 조용히 앉아 있었을 때,
앉아서, 앉아서, 그가 뱃머리, 배 뒤쪽에서 운전하고
속도를 내고, 노를 젓는 동안. 그것은
심지어 권태가 아니었다,
그것은 바라보는 것,
작은 것들을 열심히 세심히
들여다보는 것이었다. 못마땅함. 닳아빠진 뱃전,
의자 커버의 섬세한
능직. 양질의 산성 흙 부스러기, 분홍 바위
부스러기, 그 화성암 줄무늬, 메마른 이끼의
산호충, 검은색이었다가 회색으로 변하는
그의 목덜미의 짧은 털.
가끔 그는 휘파람을 불었고, 나도
그러곤 했다. 일을 자꾸자꾸

하는 지루한 리듬, 나무를 나르고,
설거지하는. 그런 자질구레한 것들. 그것은
동물들이 대개의 시간을 소비하는 것들,
모래를, 한 알 한 알, 터널에서 나르고,
그들의 굴에서 나뭇잎들을 이리저리 나르는. 그는
그런 일들을 알려 줬고, 나는 그 뭉툭한 손가락의
소용돌이 지문, 손톱에 낀 흙을
바라보곤 했다. 나는 왜 그 당시를
늘 화창한 날로 기억할까, 더 자주 비가
내렸는데, 그리고 더 많은 새소리를?
나는 지옥 같은 그곳에서 벗어나
다른 곳으로 가는 것을
기다릴 수가 없었다. 아마 물론
지루한 것이 더 행복하지만. 그것은 개나
두더지에 해당하는 것이다. 지금 나는 지루하지 않나
보다.
지금 나는 너무 많은 것을 알고 있나 보다.
지금 나는 알고 있나 보다.

불탄 집에서의 아침

Morning in the Burned House

불탄 집에서 나는 아침 식사를 한다.
집도 없고 아침 식사도 없다고 너는 알고 있지만,
나는 이곳에 있다.

조각조각 녹아 버린 숟가락이
또한 녹아 버린 그릇을 긁어 낸다
주변에 아무도 없다.

오빠와 여동생, 어머니와 아버지,
그들은 어디로 갔을까? 아마도,
바닷가로. 그들 옷은 여전히 옷걸이에 걸려 있고,

그들의 그릇들은 싱크대 옆에 쌓여 있다,
쇠 살대와 그을린 주전자가 있는
장작 난로 곁에,

의심의 여지 없는 소소한 것들,
주석으로 된 컵과 어른거리는 거울.
햇살은 화창하고 새소리는 들리지 않으며,

호수는 푸르고, 숲은 주의 깊다.
동쪽으로 층운이

검은 빵처럼 고요하게 떠오른다.

나는 기름천의 소용돌이무늬를 볼 수 있고,
유리 흠을, 태양이 내리비치는 곳의
저 섬광들을 볼 수 있다,

나는 내 팔과 다리를 볼 수 없고,
혹은 이게 함정인지 축복인지 알 수 없다,
이곳으로 돌아온 나 자신을 본다, 이 집안의

모든 것들이 오랫동안 늘 있었던 곳,
주전자와 거울, 숟가락과 그릇,
나 자신의 몸을 포함하여,

그때의 내가 지녔던 몸을 포함하여,
현재 내가 지닌 몸을 포함하여
오늘 아침 식탁에서 내가 홀로 행복하게, 앉아 있는
그대로의,

그을린 마룻바닥 위 아이의 맨발
(나는 거의 볼 수 있다)
불타는 옷을 입은, 얄팍한 초록색 반바지와

더러운 노란 티셔츠 차림의
타다 남은 재, 비존재의 것을 들고 있는,
빛나는 육체. 눈부신.

마음

Heart

어떤 사람들은 피를 판다. 당신은 마음을 판다.
그건 저것이거나 영혼이었다.
어려운 점은 망할 놈의 것을 내던지기다.
굴 껍데기를 까는 것처럼, 일종의 비트는 행동,
당신의 척추는 팔목,
그런 후, 후룩! 입안에 있는 것이다.
당신 자신 일부를 마치 돌멩이를 내뱉는
말미잘처럼 뒤집는다.
단속적인 퐁당 소리, 통 속으로 향하는
생선 내장들의 소음,
그리고 아직도 살아 있는 과거의 커다랗고 빛나는
짙은 붉은색 덩어리가, 온전히 선반 위에 있다.

그것이 빙빙 돌며 지나간다. 그것은 미끈미끈하다. 그것이
떨어지나,
또한 맛이 난다. 누군가, 너무 거칠어라고 말한다. 너무 짜.
너무 시큼해, 또 다른 누군가가 말한다, 얼굴을
찡그리면서.
각자 즉석 미식가,
그리고 당신은 구석에서
이 모든 것에 귀 기울이며 서 있다, 막 고용된 웨이터처럼,
자신의 조심스럽고 능숙한 손을

셔츠와 가슴 깊이 감춘 상처 위에 대고,
부끄럽고, 비정하게.

시 읽기

Poetry Reading

시인, 널리 알려진 시인을 지켜보며
그의 내장을 뒤지고, 그의 파괴적인
생각과 부끄러워하는 욕망 덩어리,
그의 오래된 증오, 그의 나약하지만
강렬한 야망을 드러낼 때
당신은 조롱해야 하는지 고마워해야 하는지 알지 못한다.
그는 우리를 대신하여 고백하고 있다.

그는 부드러운 스웨터에 싸여 있다,
도전적으로 검은색이 아닌, 우리가 성차별주의자로
보이고 싶지 않을 때 사는 아기 옷 색깔의,
크림 소르베처럼 옅은 노란색의.
이마에 근심 어린 그의 얼굴은
어두운 무대를 배경으로 둥둥 떠 있고,
표정은 안개 속에 보이는 태양처럼
좀 어렴풋한데,

당신은 이 얼굴이 한때 어땠는지, 안다,
그가 불안해 보이는 어린 소년이었을 때
발끝으로 균형을 잡고, 거울을 보며,
나는 왜 착할 수가 없지?
다음에는, 내 부모님은 진짜일까?

그 후에는, 사랑은 왜 이리도 아프지?
그리고 더 나중에는, 누가 전쟁을 일으키나?라고 질문하는.

당신은 그를 껴안고
그에게 한바탕 거짓말을 하고 싶어 한다.
평범한 사람들은 그런 질문을 하지 않아요,
대신 섹스나 해요라고 당신은 말할 수도 있다.
당신보다 더 멍청한 여자들이 정신과 영혼의
모든 병에 이런 치료를 이미 제안했음을
당신은 알고 있다. 당신은 결코 그렇게 하지 않겠다고
맹세했고,
그래서 당신은 이 점에서 커다란 예외이다.

하지만 그는 그저 대답할 것이다.
나는 이미 당신에게 내 상처 딱지와 충동을,
내 추한 고통과 내 부족한 품위에 대해 다 말했어요
나는 당신을 더럽혔어요.
그런데 당신은 왜 나를 신경 쓰나요?

그 말에 당신은 대답했다.
아무도 당신에게 이러라고 하지 않아요,
음절로 이렇게 바보짓 하는 것,

엉겅퀴에 둘러싸여 벌거벗고 뒹구는 것,
혀를 못에 박는 것이요.
당신은 벽돌공이 될 수도 있었어요.
당신은 치과의사가 될 수도 있었고요.
딱딱한 껍질을 두른, 고집쟁이.

그러나 그런 말은 소용없다. 많은 벽돌공이
허무한 절망에 단총으로
머리를 날렸다. 치과의사의 경우 그 비율은 더 높다.
아마 그 대신, 이 시다.
아마 지금 다 드러난 정맥처럼
그에게서 나오는 일련의 말들은
그를 작은 면적의 이 땅에 붙들어
묶는 전부이다.

그러니 당신은 계속 지켜본다, 그가 자기 비난의
절정에서 자신을 후려칠 때.
지금 그에게는 속옷, 거친 천으로 만든 셔츠,
쇠사슬밖에 남아 있지 않다 —
즉 이들은 은유다 —
그래서 당신은 그것에는
구슬 작업이나 고등어 내장 따기에서처럼

결국 냉정한 솜씨가 있음을 안다.
기술, 또는 장치가 존재한다.

하지만 당신이 속았다는 느낌이 드는 바로 그때
그의 목소리는 갑자기 멈춘다. 고개를 조금 끄덕이는 것,
미소, 휴식이 있다,
그래서 당신은 숨을 들이쉬는 것을 마치
한주먹의 공기가 당신 속으로 힘껏 쳐들어오는 듯 느낀다,
그리고 당신은 환호에 맞장구친다.

올빼미 가수

The Singer of Owls

올빼미 가수가 어둠 속으로 사라졌다.
그는 다시 상을 받지 않았다.
학교에서도 그랬다.
그는 희끄무레한 구석을 더 좋아했고, 다른 사람들의
머리털과 귀로 자신을 위장하여,
장모음과, 굶주림,
깊이 눈 쌓이는 것의 비참함에 대해 생각했다.
그런 분위기로는 반짝이는 매력이 생기지 않는다.

그가 그림자들에게 물었다, 도대체 내 문제가 뭐니?
그들은 이 시각 즈음이면 나무의 그림자였다.
왜 내가 내 생명줄을 허비했지?
나는 네 침묵을 향해 나 자신을 열었어.
나는 무자비함과
깃털들에 나를 내줬어.
나는 쥐를 꿀꺽 삼켰어.
내가 끝에 다다른, 지금, 말을
쏟아내어, 숨 가쁜데,
너는 나를 돕지 않았어.

잠깐, 올빼미가 소리 없이 말했다.
우리 사이에 대가는 없어.

너는 필요해서 노래했어,
내가 그렇듯이. 너는 나에게,
내 덤불, 내 달, 내 호수를 향해 노래했어.
우리 노래는 밤의 노래야.
깨어 있는 이는 거의 없어.

가을이다
It's Autumn

가을이다. 열매들이 후두두 떨어진다.
너도밤나무 열매, 도토리, 까만 호두 —
단단한 옷을 입고
땅으로 내던져지는 나무의 고아들.

저 안으로는 가지 마라,
시든 오렌지 숲 안으로 —
그곳에는 화가 난 늙은이들이 꽉 차 있다
아무도 보지 않을 것이라 가정하고
변장한 차림새로 몰래 돌아다닌다.

그들 중 몇은 심지어 늙지 않았고,
그저 이마에 관절염이 있거나,
아니면 술에 취해 있다,
그런데 그들의 원한, 그들의 알 수 없는 슬픔으로
뭔가 괴롭게 되었다.
몸이 망가지면 망가질수록, 더 좋다.

그들은 움직이는 어떤 기미에도 총을 쏠 것이다 —
너의 개, 너의 고양이, 너.
그들은 네가 여우나 스컹크,
오리, 아니면 꿩이라고 말할 것이다. 아마도 사슴이라거나.

이 사람들, 그들은 사냥꾼이 아니다.
그들에게 사냥꾼의 인내심은 전혀 없으며,
회한이라고는 전혀 없다.
그들은 자신들이 모든 것을 소유하고 있다고 확신한다.
사냥꾼은 자신이 빌린다고 여긴다.

나는 오랜 시간 키 큰 늪지 풀숲에
웅크렸던 것을 기억한다 —
텅 빈 나지막한 하늘, 잠잠한 물결,
멀리 보이던 여러 색깔의 고요한 나무들 —
요란한 날개 소리를 기다리며,
아무 일도 일어나지 않기를 반쯤 기대하며.

아무도 누가 이기는지 관심 없다

Nobody Cares Who Wins

아무도 누가 이기는지 관심 없다
그들은 그 순간 관심을 보인다.
그들은 열병식, 응원을 좋아한다.
그러나 그다음, 승리는 잦아든다.
어느 연도 또는 다른 무엇을 새긴,
선반 위의 은 컵.
기념품으로 시체에서 떼 낸
단추들을 쌓아 놓는 것. 당신이 최고조의 분노로
저지르고 눈에 띄지 않게 뒤쪽으로 밀어놓은
수치스러운 일.
악몽, 전리품.
그것에 대해 말할 일은 그리 많지 않다.

저 때가 좋은 시절이었어, 너는 생각한다.
그보다 더 살아 있다고 느낀 적은 없어.
하지만, 너는 승리가 당혹스럽다.
너는 그것을 어디에 두었는지 며칠 잊는다,
물론 더 젊은 사람들이 마치 그들 또한
그곳에 있었다는 듯이 그것에 대해 언급하기는 하지만.

물론 이기는 것이
그렇지 않은 것보다 더 좋다. 누가 그것을 좋아하지

않겠는가?

그렇지만, 실패하는 것. 그것은 다르다.
패배는 말 없는 식물처럼 자라나,
말해지지 않는 것과 더불어 부풀어 오른다.
그것은 늘 너와 함께 있으면서, 땅 아래로 퍼져,
잃어버린 것을 먹고 자란다.
네 아들, 네 자매, 네 아버지의 집,
네가 살았어야 할 삶.
패배, 그것은 결코 과거에 있지 않다.
그것은 현재에 스며들어,
아침 태양 불타는 대지의
색깔까지 얼룩지게 한다.

결국 그것은 표면을 부순다.
그것은 폭발한다. 노래로 폭발한다.
당신이 이해하는, 긴 노래들.
그것들은 계속 잇따른다.

죽은 사람들에게 질문하기

Questioning the Dead

동굴 입구로 가서,
도랑을 파고, 동물 혀를
갈라, 피를 쏟아 내라.

아니면 다른 사람들과
의자에, 어두운 방 안
둥근 테이블에 앉아라,
눈을 감고, 손을 잡아라.

이러한 기술들은 영웅적인
메조틴트라고 불릴 것이다.
우리는 확신하지 않는다 어느 하나라도 믿고 있는지,

아니면 죽은 사람들이 축축한 머리카락 같은
냄새를 풍기면서, 고장 난 토스터처럼 깜박이며,
종이 얼굴, 소곤거리는 소리,
갈라진 틈을 부스럭거리며,
거짓 시선을 끌고,
나타날 때, 그들을 믿는지.

그들의 목소리는 유리병 속으로 떨어지는
렌틸콩처럼 메마르다.

왜 그들은 열쇠와 숫자, 계단에 대해 중얼거리는 대신
분명하게 큰 소리로 말하지 못하는가,
그들은 계단을 언급한다……

왜 우리는 그들을 계속 괴롭히는가?
왜 우리는 그들이 우리를 사랑한다고 주장하는가?
아무튼 우리가 그들에게 묻고자 하는 것은
무엇인가? 그들은 아무것도 말하고 싶어 하지 않는다.

아니면 우물이나 풀장 옆에 서서
자갈을 떨어뜨리라.
네가 듣는 소리는 네가 물어야 할
질문이다.

또한 대답이다.

충실한

Dutiful

나는 어쩌다 그렇게 충실해졌나? 내가 늘 그랬나?
어린 시절 조그마한 빗자루와 쓰레받기를 들고
돌아다니며
내가 버린 것도 아닌 쓰레기를 청소하고,
무딘 갈퀴를 들고 마당에 나가,
다른 사람들의 정원에서 잡초를 제거하고
— 쓰레기는 다시 날렸고, 잡초는 번성했다, 내 노력에도
불구하고 —
항상 다른 사람들의 무책임한 행동에 찡그리며
용인하지 않는. 나 자신의 노예근성.
나는 이런 의무들을 기꺼이 행하지는 않았다.
나는 강으로 나가거나, 춤을 추고 싶었으나,
무엇인가가 내 목 뒷덜미를 잡았다.
여러 해가 지나 보니, 그것은 나였다, 자주색 눈의
만신창이,
끝내야 할 것이 무엇이었든, 나는 그곳에 늦게까지
있었다,
뱀처럼 심술부리고, 너무 많이 커피를 마시며,
그리고 더 나아가, 투덜거림과
비난으로 이루어진 저 그룹들, 그리고 기존 형식의
훈계까지.
누군가는 해야만 해!

내 손을 급히 들어 올리는 것은 바로 그것이었다.

그러나 나는 그만두었다. 나는 반복의 손아귀를 내쳤다.
나는 결심했다, 선글라스를 끼기로, 금으로 아니야라고
새긴 목걸이를 하기로,
그리고 내가 키우지 않은 꽃을 먹기로.
그런데, 나는 왜 책임을 느끼는가,
부서진 집에서 들리는 통곡에,
선천적 결손과 정의롭지 않은 전쟁에,
먼 별로부터 걸러져 오는
여린, 참을 수 없는 슬픔에.

문

The Door

문이 회전하며 열리고,
당신은 안을 본다.
그 안은 어둡고,
아마 거미들이 있을 듯하다.
당신은 아무것도 바라지 않는다.
두려운 느낌이다.
문이 회전하며 닫힌다.

보름달이 환하고,
맛있는 즙으로 가득하다.
당신은 지갑을 사고,
춤은 훌륭하다.
문이 열리고
너무나 빨리 돌며 닫혀서
당신은 알아채지 못한다.

태양이 뜨고,
당신은 남편과 얼른 아침 식사를 한다,
그는 여전히 날씬하다.
당신은 설거지하고,
아이들을 사랑한다,
책을 읽고,

극장에 간다.
비가 적당히 내린다.

문이 회전하며 열리고,
당신은 안을 본다.
이런 일은 왜 계속 일어나는 것일까?
어떤 비밀이 있을까?
문이 회전하며 닫힌다.

눈이 내리고,
당신은 가쁘게 숨을 쉬며 길을 청소한다.
이전만큼 쉬운 일은 아니다.
당신의 자식들이 종종 전화를 건다.
지붕을 고쳐야 한다.
당신은 늘 바쁘게 지낸다.
봄이 온다.

문이 회전하며 열린다.
그 안은 어둡고,
내려가는 계단이 많다.
그런데 저 반짝이는 것은 무엇일까?
물일까?

문이 회전하며 닫힌다.

개가 죽었다.
이 일은 이전에 일어났다.
당신은 다른 개를 키웠다.
그러나 이번에는 아니다.
당신 남편은 어디에 있는가?
당신은 정원을 포기했다.
그것은 너무 큰 일이 되어 버렸다.
밤에는 담요가 있다.
그럼에도 당신은 깨어 있다.

문이 회전하며 열린다.
오 경첩의 신,
장기 여행의 신,
당신은 믿음을 지녔다.
저 안은 어둡다.
당신은 어둠에 자신을 털어놓는다.
당신은 안으로 걸어 들어간다.
문이 회전하며 닫힌다.

'진짜 이야기'를 향한 여정

허현숙

캐나다 출신의 마거릿 애트우드는 흔히 소설가로 알려져 있다. 1969년에 『먹을 수 있는 여자(The Edible Woman)』에서부터 2019년의 『증언들(The Testaments)』에 이르기까지 스무 편에 가까운 장편 소설과 열 권이 넘는 단편집, 그리고 일곱 권의 동화, 열한 권의 논픽션, 세 편의 오페라 대본 등에 이르기까지 애트우드는 다양한 장르의 작품들을 발표했다. 이 가운데 1986년의 『시녀 이야기(The Handmaid's Tale)』가 영국 부커상 후보에 오르면서 작가로서 본격적으로 평가받기 시작했고 1989년에 『고양이 눈(Cat's Eye)』이 다시 최종 후보에 올랐다. 2000년에 『눈먼 암살자(The Blind Assassin)』로, 그리고 2019년에 『증언들』로 한 번 더 부커상을 받음으로써 모국 캐나다에서 뿐 아니라 영미 문학계에서도 높이 인정받게 되었다. 뿐만 아니라 많은 작품들이 영화와 텔레비전 드라마의 각본으로 각색되어 상영되면서 애트우드는 대중적으로도 널리 알려졌고, 오늘날 캐나다를 넘어 영미권의 주요한 작가로 높은 평가를 받고 있다.

이처럼 소설가로 널리 알려져 있지만 애트우드의 작가로서의 경력은 시인으로부터 시작한다. 토론토대학교를 졸업한 후, 나중에 하버드대학교로 통합된 래드클리프대학교에서 대학원 과정을 시작한 1961년 『이중의 페르세포네(Double Persephone)』를 소책자 형태로 출판하면서 애트우드는 '글을 쓰며 살겠다'는 어린 시절부터의 결심을 실행에 옮겼다. 자비로 출판한 이 소책자에는 전부 일곱 편의 시가 실려 있어, 시인으로서의 출발은 매우 소박해 보인다. 그런데 이후 2020년까지 세상에 내놓은 시집은 열여섯 권으로, 시인으로서의 이력이 소설가로서의 그것에 비해 부족하지 않다. 게다가 시 작품에서 다루는 다양한 주제와 전개 방식은 1960년대 이후 영미권의 다른 시인들과 구별되는 개성적 성취를 이루고 있다. 아직 영어권 문학에서 뚜렷한 독자적 문학 전통을 이루기 이전의 캐나다에서 태어나 그곳에서 교육을 받고 성장한 애트우드는 오히려 이러한 변방 출신으로서의 한계를 자신의 개성으로 뛰어넘었다.

그녀 작품의 개성은 우선 현대 과학 기술을 이용하여 재현된 현실에 대해 끈질기게 질문한다는 점에 있다. 특히 사진에 나타난 현실이 실제의 현실인가라는 질문은 20세기 이후 예술이 과학 기술을 점점 더 많이 활용하는 추세를 고려하면 중요한 의미를 지닌다. 그녀의 첫 시집인 『서클 게임(The Circle Game)』에 실린 「이게 내 사진이에요(This is a photograph of me)」에서부터 두 번째 시집 『저 나라의 동물들(The Animals in That Country)』에 실린 「보스턴의 관광안내소에서(At the Tourist Centre in Boston)」, 그리고 1970년대에 발표한 「소녀와 말(Girl and Horse)」과 1980년대의 「엽서(Postcard)」 등 사진을 소재로 한 시를 통해 애트우드는 사진이 과연 현실의 실체를 재현하는가에 대해 계속 질문하고 있다. 예를 들어 「이게 내 사진이에요」는 얼핏 평범해 보이는 호수 풍경 사진을 소재로 삼은 작품이다. 사진 중앙에 흐릿하게 있는 자국을 시인은 사진 찍은 바로 전날 물에 빠진 사람의 자국이라고 상상한다. 그리고 수면 아래로 가라앉은 사람을 화자로 삼는다. 즉 이 시에서 화자는 이미 죽은 사람이므로 사진에는 존재하지 않는다. 화자는 '호수 속, 사진 한 가운데, 바로 수면 아래에' 있으나, 사진에는 없다. 그러니 화자의 입장에서 보면 사진은 자신이 알고 있는 현실을 담아내지 못한다. 사진에 찍힌 풍경은 풍경의 실제를 완전히 보여 주는 것이 아닌 셈이다. 수면 아래에 존재하는 것을 의식하고 그것을 알아내어 그들의 눈으로 현실을 보는 것이 실제 현실에 대한 완전한 이해에 도달하는 길이다.

물론 굳이 왜 호수 표면 아래의 존재를 상상하여 사진의 진실성에 의문을 제기해야 하는가라고 반박할 수도 있다. 호수의 풍경은 우리 눈에는 사진에 담긴 그대로 보이기 때문이다. 하지만 이러한 질문조차도 애트우드에게는 사진의 한계를 지적할 근거가 된다. 애트우드에게 사진이란 주마간산 격으로 풍경을 훑어보는 관광객의 시선처럼 대상의 실체에 닿지 않는다. 「보스턴의 관광안내소」에서의 화자는 관광안내소에 전시된 캐나다 풍경 사진들을 보며 혼자 여러 질문을 하지 않을 수 없다. 캐나다에 대해 잘 아는 사람의 눈에 그 사진은 실제의 캐나다와 다르기 때문이다. 하지만 캐나다를 알지 못하는 관광객은 그 사진들을 통해 캐나다에 대한 호기심을 느끼고 캐나다의 실제 모습을 알고 싶을 수도 있다. 사진은 실재를 담고 있지 않다 해도 실체에 다가가도록 자극할 수는 있다. 사진이 담은 캐나다 풍경이 과연 실제인가를 질문하는 것은 그래서 캐나다를 잘 아는 사람에게나 모르는 관광객에게나 모두 의미가 있다. 사진에서처럼 캐나다의 하늘이 늘 그렇게 파란지, 그곳에 사람이 살고 있는지, 살고 있다면 그들의 삶은 어떤지 등을 질문할 때 사진으로 재현된 현실의 의미가 부여되는 것이다.

사진이 현실과 맺는 한계에 대한 애트우드의 관점은 1980년대에 이르러서는 사진이 현실에 대한 '망상'을 드러낸다는 관점으로 확장된다. 1980년대 초반의 작품인 「엽서」에서 사진으로 찍힌 야자나무들과 분홍 모래는 구질구질한 것들로 뒤덮인 현실을 아름답게 꾸며 준다. 하지만 그것들은 우리가 주변에서 보는 깨진 콜라병, 하수구 냄새를 담는 것은 고사하고 오히려 그것으로부터 시선을 돌리게 한다. 현실은 사진의 프레임 밖에 존재한다.

현실을 명확하게 인식하려는 애트우드의 노력은 정전으로 알려진 이야기를 새로이 읽는 것에서도 나타난다. 이는 그녀가 말하는 바 '죽은 자와 협상하기'를 통해 널리 알려진 이야기의 틈새를 메꾸는 것이기도 하다. 엄밀하게 말해 애트우드에게 '죽은 자와 협상하기'는 저세상 사람을 살아 있는 사람들의 장소로 데려오는 것, 즉 죽은 자를 마치 살아 있는 사람인 양 묘사하거나 그가 직접 말하도록 하는 일이다. 여기에서 죽은 자와 협상하기 위해서는 시인은 죽음의 세계로 들어가야 한다. 그런데 애트우드에게 죽음의 세계는 이야기의 세계이기도 하다. 이야기, 특히 옛이야기와 신화는 이미 지난 시절로부터 전해지는 이야기이며 그 세계는 죽은 자들로 가득하기 때문이다. 그리고 "이야기는 암흑 속에 있다." 그러니까 죽음과 이야기는 곧 어둠이다. 이 어둠 속에는 아직 자신을 드러내지 않은 많은 인물의 이야기가 숨어 있다. 이러한 맥락에서 애트우드의 연작시 『수잔나 무디의 일기(The Journal of Susanna Moodie)』는 그녀의 이러한 시학을 잘 드러낸다.

수잔나 무디는 19세기 초반 영국에서 캐나다로 이주 정착한 과정을 기록하여 이민자, 탐험가, 그리고 작가로 평가받는 인물이다. 애트우드는 연작시에서 그녀가 일기를 통해 이주하고 정착하며 만난 사람들과 풍광 및 여러 경험을 새로운 눈으로 기록하고 말하도록 한다. 애트우드는 그렇게 하여 황무지와 다를 바 없는 곳에 정착하는 고단한 과정을 현대의 맥락에서 묘사할 수 있게 된다. 특히 무디의 목소리는 오늘날 이민자들의 목소리로도 들리기에, 이 연작시를 통해 결국 애트우드는 20세기 거의 모든 북반구에서 경험하는 이민자 문제를 형상화하는 결과를 얻고 있다. 애트우드가 지적한 바 있듯이 시인의 영혼은 '인간사가 벌어지는 곳'에 내려서 있는 것임을 그녀 자신이 이 연작시를 통해 증명해 보인다.

'죽은 자와 협상하기'라는 시 쓰기 방식은 신화의 인물들을 시적 소재로 삼는 것으로도 나타난다. 1976년에 발표한 『당신은 행복하다(You are Happy)』에 실린 연작시 「키르케/진흙 시편(Circe/Mud Poems)」은 오디세우스를 유혹하여 자신의 섬에 머물게 한 키르케를 소환한다. 호메로스의 웅장한 서사시에서 키르케는 오디세우스가 신의 총애를 받는 특출한 영웅이라는 점을 부각하는 마녀에 불과하다. 하지만 애트우드는 오디세우스의 성적 본능을 자극하여 '그의 남성다움을 드러내도록 하지만 그의 귀환을 지연하는' 방해물 중 하나 정도인 키르케를 오디세우스의 그늘에서 벗어나게 한다. 즉 그녀가 말하도록 하는 것이다. 이는 에이드리언 리치가 「난파선 속으로 잠수하기(Diving Into the Wreck)」에서 암흑에 휩싸인 바다 밑바닥까지 탐험하는 것은 "말에 목적을 두고 말을 지도로 삼아" "아직 살아남은 보석을" 보기 위해서라는 선언을 애트우드 자신의 방식대로 변형하여 표현했다고 할 수 있다. 애트우드는 오디세우스의 이야기에서 자신의 목소리를 전혀 내지 못한 키르케를 들여다보고, 그녀의 존재를 재규정한다. 시인의 언어를 통해 햇살 속으로 나온 키르케는 오디세우스의 이야기 속 그의 부하들을 동물로 변하게 한 마녀로 자신을 규정하는 것을 거부한다. 그것은 자신의 의도도 아니고 결코 자신이 잘못하여 이뤄진 일도 아니라고 키르케는 항변한다. 그것은 그저 우연히 이뤄진 것이며 모든 다른 일들과 마찬가지로 자신과 관련 없이 일어난, 어쩌면 자신이 아무런 말도 하지 않아서 발생한 일이라고 키르케는 주장한다. 이러한 주장에서 그녀는 비로소 자신을 드러내는 언어를 획득하고 그녀의 삶 역시 다른 모든 생명과 마찬가지로, 즉 오디세우스가 자신의 섬에 닿은 것이 그러하듯, 우연한 것임을 강조한다. 애트우드는 키르케에게 말을 하도록 함으로써 악녀 키르케라는 기존의 관점에 의문을 제기하는 것이다.

애트우드의 키르케에 대한 재해석은 오디세우스와의 관계에 대해 키르케 스스로 말하는 것에서도 드러난다. 키르케의 전언에 따르면 자신과 오디세우스는 여느 남녀처럼 서로 사랑하고 미워하는 모순된 복합적 감정으로 얽혀 있다. 그들은 서로 사랑하면서도 미워하고 가까이 가고 싶어 하면서도 서로를

밀어내는 이중적 감정에 휩싸인 관계를 맺었다. 그가 주는 것을 받아들이면서도 다른 한편 그가 내미는 것 어떤 것도 받아서는 안 된다고 스스로 다짐했다고 키르케는 주장한다. 그래서 그를 향해 이곳을 떠나라고도 하지만, 그 말이 과연 진실을 담은 것인지는 그녀 자신도 알 수 없다. 키르케의 오디세우스에 대한 마음은 사랑에 빠진 사람의 복잡하고 모순된 내면 바로 그대로인 것이다. 이로써 키르케는 일방적으로 오디세우스를 사랑하여 그를 떠나지 못하도록 붙잡고는 일 년여의 기간 동안 섬에 살도록 하고 그의 부하들을 동물로 변하게 한 악녀가 아닌 평범한 여성으로 자신을 드러낸다. 키르케의 내면을 그녀로 하여금 직접 말하도록 함으로써 애트우드는 아무리 웅장한 대하소설이라 해도 어느 한 인물의 일방적 이야기로는 충분하지 않다는 것을 보여준다. 우리 삶의 '진짜 이야기'는 이야기를 꾸미는 모든 인물의 이야기여야 하고 그들의 이야기까지 모두 듣거나 읽을 때에서야 비로소 그 진실이 나타난다.

애트우드가 시를 쓰기 시작하던 무렵 캐나다에서는 신화에 대한 시인들의 관심이 점차 고조되고 있었다. 애트우드의 회상에 따르면 그녀가 첫 시집을 발표한 1960년대 초반 캐나다의 시인들 사이에서 시 작품에서 신화를 어떻게 대할 것인가의 주제를 놓고 '친(親)신화파'와 '반(反)신화파'로 편이 갈릴 정도로 격렬한 논쟁이 일어났다. 시인으로 성장하던 시기에 이 논쟁을 접한 애트우드는 그녀 스스로 신화를 어떻게 다룰 것인가에 대한 나름의 방법을 찾아내려 했다. 그 시도에서 신화 속의 인물들은 애트우드의 새로운 시각으로 재현된다.

특히 그녀의 작품에서 신화에서 가져온 인물들은 신화에서 거의 소외되거나 어느 한 곳에서의 삶에 실패한 인물들이다. 키클롭스처럼 괴물이어서 신들로부터 배척되거나, 아니면 페르세포네처럼 이승과 저승 두 세계를 오가며 살지만 어느 곳에도 속하지 못한 인물, 또는 저승의 아내를 이승으로 데려오려다 실패하는 오르페우스 등이다. 이들은 각각의 이야기로 전해지는 것과 달리 아무도 해칠 마음이 없는 존재로, 세상의 모든 여성들의 삶을 꿰뚫어 보는 인물로, 그리고 '환각'을 노래하다 결국 사랑하는 아내에게서 멀어진 존재로 그려진다. 이들을 통해 애트우드가 말하는 것은 현실의 소외의식과 여성들에 대한 성적 억압 및 사랑의 실패로 인한 좌절 등 인간 삶의 절박한 모습들이다. 즉 신화로 전해지는 인물들을 되살려 애트우드는 삶의 구체적 정황을 묘사하는 것이다.

이는 애트우드 시 작품에서 현실을 이해하는 것이 그만큼 중요함을 의미한다. 즉 애트우드의 작품에서 신화적 요소가 강하고 신화에서 가져온 인물들을 화자로 등장시킨다 해도 그녀의 작품들은 현실과 별개인 신화 세계에 국한된 의미를 형상화하는 것이 아니다. 그녀 작품의 의미는 바로 지금 현실의 독특한 삶의 행태나 사건 또는 인간 삶의 보편적 경험에 대한 시인의 판단을 함축한다. 이는 시인은 결코 사회와 동떨어져서는 안 된다는 그녀의 신념을 드러낸다. 다양한 사회 문제를 시의 주제로 삼는 것도 당연하다. 특히 20세기 중반 이후 널리 논의되었던 권력과 성의 상관관계는 중요한 관심 사항이었다.

1971년 발표한 『권력의 정치학(Power Politics)』에서 이 주제의 작품들을 볼 수 있다. 특히 이 시집의 서문에 해당하는 「당신은 내게 꼭 맞아요(You fit into me)」에서 애트우드는 사랑과 파멸의 모순을 매우 섬찟하게 묘사한다. 사랑에 빠지는 것은 상대가 나와 상호보완적인 관계를 맺을 경우에는 옷을 단정하게 해주는 후크와 같을 수 있다. 그러나 그 두 사람 사이에 권력이 개입하는 경우 사랑에 빠지는 것은 낚시에 걸려드는 물고기처럼 죽음으로 가는 행위이다. 자신의 의지로 통제할 수 없고, 그래서 어쩔 수 없는 것이 사랑이라 할지라도 엄연히 서로 다른 길을 마련하는 것이 사랑이라는 의미이다. 그러니 힘의 논리에 의해서가 아니라 상대와 나의 한계를 보완하여 서로 성장하도록 하는 것이 사랑의 생명력이다. 반면 어느 한쪽의 일방적 희생이나 지배로 이어지는 사랑은 죽음의 길로 들어서는 것이다. 물론 여기에서 사랑에 빠진 사람을 굳이 여성이거나 남성이라고 단정하지 않아도 이 관계는 성립한다. 사랑에 작용하는 힘은 어느 누구에게든 생명으로 향하게도 하고 죽음으로 향하게도 하는 것임을 애트우드는 암시하는 것이다.

이는 「외식하는 사람들(They Eat Out)」에서도 다뤄지고 있다. 식당에 마주 앉아 식사하던 두 사람은 누가 상대의 장례식 비용을 치를 것인가를 놓고 논쟁을 벌인다. 하지만 이들의 논쟁은 사실 누가 불멸의 존재가 될 수 있는가에 대한 것이다. 즉 두 사람의 사랑은 상대와 자신을 영속적인 존재이게 할 수 있다는 믿음으로 맺어진 관계이지만 사실은 상대방을 죽이고 또한 나를 죽이는 것으로 자신들의 사랑을 이어간다. 이 경우 사랑은 찬란한 것이라고 노래하는 다른 사람들의 사랑에 대한 정의는 한갓 유행가의 가사에 불과한 것으로 전락하고 식당에서 마침 이 노래를 듣는 상황은 그야말로 현실의 아이러니와 사랑의 모순을 단박에 깨닫게 한다. 그리고 이러한 깨달음은 씁쓸함과 함께 오는 것임을 이 작품은 강렬하게 전달한다.

작품에서 권력과 성의 문제를 가감없이 다루지만, 정작 시인 자신은 당대 영미 문학권의 여성 시인들에게 큰 호소력을 지녔던 여성주의에 대해 적극적으로 지지하는 견해를 표명하지 않았거니와 자신을 여성주의 시인으로 규정하는 것도 그리 달갑게 여기지 않았다. 그녀가 말한 바 있듯이 여성이면서 시인이면 자동적으로 페미니스트가 되는 것은 아니다. 하지만 그녀의 작품에서 사회적으로 억압받는 여성 삶은 시적 소재나 주제로 다양하게 변주되어 다뤄지고 있다. 역사적으로 가장 아름다운 여성으로 알려진 헬렌을 현대 여성의 처지와 같이 놓고 묘사하는 「트로이의 헬렌이 카운터에서 춤춘다(Helen of Troy Does Counter Dancing)」에서 여성들은 스스로 부끄럽게 여겨야 한다고,

밤에 하는 일이 아니라 낮의 일자리를 가지라고, 나아가 남성들의 성적 욕망에 맞춰 춤추라는 등의 요구를 받는다. 그렇게 살다 희생되는 것을 당연하게 여기라고 강요받는 처지다. 그럼에도 화자는 자신이 여신이라 여기며 자신의 노래를 횃불의 노래라고 의기양양하게 선포하면서 누구든 자신의 몸을 건들면 불에 탈 정도로 한껏 무장하고 있음을 선언하듯 말하고 있다.

당당한 태도를 지닌 여성에 대한 묘사는 여성의 삶이 처참한 처지에 빠져 있다는 인식으로부터 자연스럽게 이르는 결과다. 이 작품보다 앞선 1981년에 발표한 『진짜 이야기(True Stories)』에 실린 「여성 문제(A Women's Issue)」에서 차례로 열거되는 전시물들은 모두 억압받고 희생되는 여성들을 대표한다. 이들은 모두 성적 억압을 받거나 강간을 당하거나, 전쟁터에서 성노예로 착취당하는 여자들이다. 오늘날 세계 어디에서나 여성이 겪고 있는 일상적 폭력과 전쟁터에서의 성적 폭력의 실상을 열거함으로써 여성 삶의 현실이 고통으로 점철되어 있음을 지적한다. 이에 누가 사랑이라는 말을 만들었는가라는 질문은 차라리 절규에 가까우며, 고통스러운 여성 삶에 대한 연민과 절망의 탄식으로 들린다. 그러므로 '역사를 다시 엮어야만' 한다는 애트우드의 말은 이 세계의 여성에게 나아가 세상 사람들 모두에게 요구하는 과제이면서 동시에 그녀 자신 작품을 통해 실현하고 있는 점이기도 하다.

애트우드가 첫 시집에서부터 일관되게 다루는 현실의 실체에 대한 이해는 냉정하거나 가끔은 아이러니한 태도로 전달된다. 한탄이나 눈물을 자아내는 감성적 태도는 그녀 작품에서 찾아 볼 수 없다. 통상적으로 여성 시인들의 작품에서 기대하는 시인 개인의 트라우마나 개인적 경험에서 비롯한 애환은 애트우드 작품과 거리가 멀다. 그녀의 시 작품들은 시인 자신의 사사로운 정념을 토로하지도, 주관적인 느낌이나 개인적인 소회를 드러내지 않는다. 시인의 자전적 배경과 상관없이 작품을 충분히

향유할 수 있는 것이다. 심지어 그녀와 동일시 할 수 있는 화자라 할지라도 감정 과잉을 경계하고, 소재와 거리를 둔 냉정한 어조를 유지한다.

이러한 특징은 시인의 '이중성'에 대한 애트우드의 긍정적 태도에서 비롯한다. 어느 강연에서 그녀는 시인의 삶에서 평범한 사람으로서 일상생활을 이어가는 자아와 시를 쓰는 또 다른 자아가 시인 내면 안에 동시에 존재한다는 것을 인정해야 한다고 말한 바 있다. 그것을 인정할 때 시인은 고통을 겪어야 시를 쓸 수 있는가라는 질문에서 자유로울 수 있고, 시가 결코 고통의 산물일 수만은 없음을 알게 된다. 시인은 사회와 관련을 맺지 않고 혼자만의 의식 안에 침잠할 때 사회로부터 고립된 사람이 되어, 낙서나 끄적거리는 사람으로 전락할 수 있다. 그러할 때 자신은 마치 '예술의 궁전을 짓는 사람'인 것처럼 생각할 수도 있으나 실제로는 궁전이 아닌 곧 사라질 모래집이나 짓게 되며, 그럴수록 고립의 고통은 배가 된다. 애트우드 시의 힘은 침착한 목소리, 비판적인 태도로부터 나온다. 애트우드가 스스로 표현하고 있듯이 그녀 작품은 '부서진 집에서 들리는 통곡에, 선천적 결손과 정의롭지 않은 전쟁에, 먼별로부터 걸러져 오는 여린, 참을 수 없는 슬픔에' 대한 책임을 표현하는 것이다. 그녀 작품은 역사에서 소외되거나 오랫동안 억눌려 온 사회의 여러 슬픈 삶에 대한 성찰이며, 독자로서는 뜨거운 눈물보다는 냉철한 눈으로 호응하게 된다.

세계시인선 55 진짜 이야기

1판 1쇄 찍음 2021년 11월 20일
1판 1쇄 펴냄 2021년 11월 25일

지은이 마거릿 애트우드
옮긴이 허현숙
발행인 박근섭, 박상준
펴낸곳 (주)민음사

출판등록 1966. 5. 19. (제16-490호)
주소 서울시 강남구 도산대로1길 62
강남출판문화센터 5층 (06027)
대표전화 02-515-2000 팩시밀리 02-515-2007

www.minumsa.com

ISBN 978-89-374-7555-9 (04800)
978-89-374-7500-9 (세트)

세계시인선 목록

1	카르페 디엠	호라티우스	김남우 옮김
2	소박함의 지혜	호라티우스	김남우 옮김
3	욥의 노래	김동훈 옮김
4	유언의 노래	프랑수아 비용	김준현 옮김
5	꽃잎	김수영	이영준 엮음
6	애너벨 리	에드거 앨런 포	김경주 옮김
7	악의 꽃	샤를 보들레르	황현산 옮김
8	지옥에서 보낸 한철	아르튀르 랭보	김현 옮김
9	목신의 오후	스테판 말라르메	김화영 옮김
10	별 헤는 밤	윤동주	이남호 엮음
11	고독은 잴 수 없는 것	에밀리 디킨슨	강은교 옮김
12	사랑은 지옥에서 온 개	찰스 부코스키	황소연 옮김
13	검은 토요일에 부르는 노래	베르톨트 브레히트	박찬일 옮김
14	거물들의 춤	어니스트 헤밍웨이	황소연 옮김
15	사슴	백석	안도현 엮음
16	위대한 작가가 되는 법	찰스 부코스키	황소연 옮김
17	황무지	T. S. 엘리엇	황동규 옮김
18	움직이는 말, 머무르는 몸	이브 본푸아	이건수 옮김
19	사랑받지 못한 사내의 노래	기욤 아폴리네르	황현산 옮김
20	향수	정지용	유종호 엮음
21	하늘의 무지개를 볼 때마다	윌리엄 워즈워스	유종호 옮김
22	겨울 나그네	빌헬름 뮐러	김재혁 옮김
23	나의 사랑은 오늘 밤 소녀 같다	D. H. 로렌스	정종화 옮김
24	시는 내가 홀로 있는 방식	페르난두 페소아	김한민 옮김
25	초콜릿 이상의 형이상학은 없어	페르난두 페소아	김한민 옮김
26	알 수 없는 여인에게	로베르 데스노스	조재룡 옮김
27	절망이 벤치에 앉아 있다	자크 프레베르	김화영 옮김
28	밤엔 더 용감하지	앤 섹스턴	정은귀 옮김
29	고대 그리스 서정시	아르킬로코스, 사포 외	김남우 옮김

30	셰익스피어 소네트	윌리엄 셰익스피어 | 피천득 옮김
31	착하게 살아온 나날	조지 고든 바이런 외 | 피천득 엮음
32	예언자	칼릴 지브란 | 황유원 옮김
33	서정시를 쓰기 힘든 시대	베르톨트 브레히트 | 박찬일 옮김
34	사랑은 죽음보다 더 강하다	이반 투르게네프 | 조주관 옮김
35	바쇼의 하이쿠	마쓰오 바쇼 | 유옥희 옮김
36	네 가슴속의 양을 찢어라	프리드리히 니체 | 김재혁 옮김
37	공통 언어를 향한 꿈	에이드리언 리치 | 허현숙 옮김
38	너를 닫을 때 나는 삶을 연다	파블로 네루다 | 김현균 옮김
39	호라티우스의 시학	호라티우스 | 김남우 옮김
40	나는 장난감 신부와 결혼한다	이상 | 박상순 옮기고 해설
41	상상력에게	에밀리 브론테 | 허현숙 옮김
42	너의 낯섦은 나의 낯섦	아도니스 | 김능우 옮김
43	시간의 빛깔을 한 몽상	마르셀 프루스트 | 이건수 옮김
45	끝까지 살아 있는 존재	보리스 파스테르나크 | 최종술 옮김
46	푸른 순간, 검은 예감	게오르크 트라클 | 김재혁 옮김
47	베오울프	셰이머스 히니 | 허현숙 옮김
48	망할 놈의 예술을 한답시고	찰스 부코스키 | 황소연 옮김
49	창작 수업	찰스 부코스키 | 황소연 옮김
50	고블린 도깨비 시장	크리스티나 로세티 | 정은귀 옮김
51	떡갈나무와 개	레몽 크노 | 조재룡 옮김
52	조금밖에 죽지 않은 오후	세사르 바예호 | 김현균 옮김
53	꽃의 연약함이 공간을 관통한다	윌리엄 칼로스 윌리엄스 | 정은귀 옮김
54	패터슨	윌리엄 칼로스 윌리엄스 | 정은귀 옮김
55	진짜 이야기	마거릿 애트우드 | 허현숙 옮김